The Snows of Kilimanjaro

Ernest Hemingway

乞力马扎罗的雪

[美] 厄尼斯特·海明威 著

杨蔚 译

天津出版传媒集团

天津人民出版社

果麦文化 出品

目录 Contents

The Snows of Kilimanjaro
乞力马扎罗的雪

乞力马扎罗是一座冰雪覆盖的山峰，海拔 19,710 英尺[1]，据说，是非洲最高峰。它的西峰在马赛语里被叫作"恩伽耶—恩伽伊"[2]，神之居所。西峰顶附近有一具风干冰冻的花豹尸首。没人知道，花豹跑到这么高的地方来做什么。

"妙的是，一点儿都不疼。"他说，"这时候你就知道，麻烦了。"

"真的吗？"

"绝对。不过真是抱歉，这味道一定熏着你了。"

"别！别这么说！"

"瞧瞧它们，"他说，"到底是我这副模样，还是这股气味把它们招来的？"

行军床搁在金合欢树下，男人躺着，透过树影望向白晃晃的草原，那里蹲着三只惹人厌的大鸟，天上还有十几只在盘旋，投下一道道快速划过的影子。

1　乞力马扎罗目前公认的海拔高度是 19,341 英尺。

2　"Ngàje Ngài"，"Ngài"是非洲马赛人（Masai）信奉的创世神。Masai 也作 Massa、Massi 或 Massai。

"从卡车抛锚那天起它们就在了，"他说，"今天是头一次有停到地上的。一开始我还仔细观察过它们飞行的姿态，琢磨着，说不定有天能用在哪篇小说里。现在想想，真好笑。"

"真希望你不要这样。"她说。

"我不过说说罢了。"他说，"说说话时间就好过得多。但我不想惹你心烦。"

"你知道我不会烦的。"她说，"只是什么都做不了，我才这么焦虑。我觉得，也许我们应该尽量放轻松些，好等到飞机来。"

"或者是等到飞机再也不来。"

"拜托，告诉我，我能做些什么。一定有什么是我能够做的。"

"你可以把我这条腿卸了，说不定就能阻止它继续恶化，不过我很怀疑。要不也可以冲着我开一枪。如今你是个好枪手了。我教过你射击，不是吗？"

"求你了，别这么说。要不我给你读点儿什么？"

"读什么？"

"咱们包里随便哪本没读过的书。"

"我听不进去。"他说，"说说话最好过了。我们来吵架吧，打发打发时间。"

"我不吵架。我从来就不想吵架。咱们再也不要吵架了，好吗？不管多紧张都不吵了。说不定他们今天就会搭另一辆卡车回来。说不定飞机就快到了。"

"我不想动弹了，"男人说，"现在走已经没什么意思了，最多是能让你好过点儿。"

"你这是懦弱。"

"你就不能让一个男人死得舒服点儿吗？清清静静的？骂我有用吗？"

"你不会死的。"

"别傻了。我这就要死了。不信问问那些混蛋。"他看向那些讨厌的巨鸟，它们蹲在那里，翅膀耸起，把光秃秃的脑袋埋在里面。第四只落下来了，先是紧跑几步，接着就晃晃悠悠地踱近其他几只。

"每个营地周围都有。你只是从来没有留意过它们。只要不放弃，你就不会死。"

"你从哪儿看来的这些东西？真是个大傻瓜。"

"你可以想想别的什么人。"

"看在上帝的份上，"他说，"这正是我的老本行。"

他躺下来，沉默了一阵，隔着草原上蒸腾的热浪，望向灌木丛边。几只汤氏瞪羚现了一下身，看着就像是黄底上的小白点，更远处，他看见了一群斑马，条纹雪白，衬着背后灌木丛的绿。这是个挺舒服的营地，安在大树下，背靠山坡，有不错的水源，不远就是一个快要干涸的水塘，清早有沙鸡飞来飞去。

"不想要我读点儿什么吗？"她坐在行军床旁的一张帆布椅上，问道，"有点儿风了。"

"不，谢谢。"

"也许卡车就要到了。"

"我不在乎什么卡车。"

"我在乎。"

"你在乎的东西多了，都是些我不在乎的。"

"并没有那么多，哈里。"

"来杯酒怎么样？"

"这对你不好。《布莱克手册》[1]里说了，什么酒也不能碰。你不应该喝酒。"

"莫洛！"他叫道。

"是的，老爷。"

"拿杯威士忌苏打来。"

"是的，老爷。"

"你不该喝酒。"她说，"我说的放弃就是指这个。书上说了，这对你不好。我知道，这对你没好处。"

"不。"他说，"这对我有好处。"

都结束了，他想。现在，他再也没有机会来完成它了。这就是结局，为一杯酒争吵着，就这么结束。自从右腿上生了坏疽，他就不觉得疼，也不觉得害怕了，能感觉到的，只有浓浓的倦意和愤怒，就这么完了。至于这临近的尾声，他完全不在

---

1 一种当时流行的日常健康指导手册。作者詹姆斯·布莱克（James Black, 1823—1893），是戒酒运动的倡导者，美国禁酒党的建立者之一，并在1872年成为该党的美国总统竞选人。

意。多少年来这问题一直纠缠着他，不过现在已经毫无意义了。很奇怪，只要够疲倦，原来这么容易就能走到这一步。

那些积攒下来的，想留到更有把握时再写的东西，现在再也无法写下来了。也不用忍受写作的挫败了。也许你根本就不会把它们写出来，这就是为什么你要把它们扔在一边，迟迟不肯动笔。但现在，他永远都不会知道答案了。

"真希望我们没来这里。"女人说。她看着他，手里端着玻璃杯，咬着嘴唇，"在巴黎你绝不会遇到这种事。你总说你爱巴黎。我们应该留在巴黎，或者随便去哪里都好。到哪儿都行。我是说，只要你喜欢，我到哪儿都好。如果你想打猎，我们可以去匈牙利，那里很舒服。"

"你那些该死的钱。"他说。

"这不公平。"她说，"我的钱就是你的。我扔下一切，你想去哪儿就跟你去哪儿，你想做什么我就做什么。但我宁愿从没来过这里。"

"你说过你爱这里。"

"是，那是你没事的时候。但现在我恨这里。我不明白为什么你会出事。我们做了什么，这一切要发生在我们身上？"

"我猜，我在一开始刮伤时忘了给伤口上碘酒。后来也没管它，因为我从来没有感染过。再后来，情况变糟了，别的抗菌剂也用完了，大概是碳酸溶液效力不够，反而麻痹了毛细血管，于是就生坏疽了。"他看向她，"还有别的吗？"

"我不是这个意思。"

"如果我们雇了个好机修工，而不是半吊子的基库尤 [1] 司机，那他就会检查机油，绝不会把卡车的轴承给烧了。"

"我不是这个意思。"

"如果你没有离开你那帮人，你那帮该死的旧西布雷、萨拉托加、棕榈滩 [2] 的家伙，来和我待在一起——"

"嘿，我爱你。这不公平。我爱你。我一直爱你。难道你不爱我吗？"

"不。"男人说，"我可不这么想。我从没爱过你。"

"哈里，你在说什么呀？你昏头了。"

"不。我没什么头可昏。"

"别喝了。"她说，"亲爱的，求你别再喝了。我们一定要尽全力。"

"你尽吧。"他说，"我累了。"

此时，他的脑海里浮现出一座火车站，是卡拉加奇 [3]，他看见自己站着，背着背包，一道亮光划破黑暗，辛普朗号东方快车疾驰而来，那是撤退以后，他正要离开色雷斯 [4]。还有他

---

1 Kikuyu，非洲种族之一，也是肯尼亚最大的族群。

2 Old Westbury、Saratoga、Palm Beach，美国地名，都是富人区。

3 Karagatch，土耳其西北部城市。

4 Thrace，欧洲东南部的历史地区，覆盖今保加利亚东南部、希腊东北部和土耳其的欧洲部分。主人公的回忆片段多来自海明威本人的经历，此处涉及 1922 年的希土战争（Greek-Turkish War），土耳其军队于 8 月发动反攻，以致希腊军队在色雷斯溃败并撤退。

攒下来想写的一个片段，那天早餐时，透过窗户，他看到保加利亚群山上的白雪，南森[1]的秘书正向一位老人打听山上的究竟是不是雪，那老人看看窗外，说，不，那不是雪。离下雪还早着呢。秘书将这话告诉了其他姑娘：你们看，不是雪。不是雪，她们相互说，那不是雪，我们弄错了。但那就是雪，他却在安排居民交换时把她们送进了山里。那就是雪。那个冬天，她们艰难地跋涉，直到死去。

那一年的圣诞，高尔塔尔山[2]也下了整周的雪。他们住在伐木工人的屋子里，半间屋子都被大大的方形瓷炉子给占满了，当那个双脚流血的逃兵穿过雪地闯来时，他们正睡在填着山毛榉叶子的床垫上。他说宪兵就在后面追来，他们给他穿上羊毛袜子，拖住宪兵东拉西扯，直到雪地上的脚印被盖住。

在施伦茨[3]，圣诞那天，从魏因斯图贝葡萄酒馆看出去，雪亮得扎眼，你能看到每一个从教堂出来回家的人。河边道路滑溜，被雪橇磨得发黄，穿过长满松树的陡坡，他们就从那里上路，肩上扛着沉甸甸的滑雪板。在那个地方，他们自马德莱纳小屋上方的冰川呼啸而下，白雪像蛋糕上的糖霜一样柔滑，轻盈蓬松如粉，他还记得那种滑行，无声无息，快得像飞鸟俯冲。

那次，他们被暴风雪困在马德莱纳小屋，足足有一整个星

---

1 Nansen，挪威探险家、科学家，因帮助战俘和难民重返家园而获得 1922 年的诺贝尔和平奖。

2 Gauertal，位于奥地利。

3 Schrunz，奥地利西部山地城市，登山徒步度假胜地。

期，成天都在打牌，马灯烟雾腾腾。越是输，伦特先生的赌注就下得越高。最后，他输了个底儿掉。什么都输光了，滑雪学校的经费，整个季度的收益，还有他自己的钱。到现在，他还能看见伦特先生的模样，长长的鼻子，抓起牌来，翻开，嘴里大叫着，"不看"[1]。那时候总是在赌博。没雪时，你赌，雪太大时，也赌。他想起这辈子所有那些花在赌博上的时间。

关于这些，他一行字都没写过。也没写过那个寒冷、明亮的圣诞节。群山在草原上投下阴影，巴克驾着飞机飞过边界，去轰炸撤离奥地利军官的火车，在他们四散奔逃时端起机枪扫射。他记得，后来巴克走进食堂，说起这事。食堂里一片寂静，然后，有人说："你这狗娘养的杀人狂。"

跟后来和他一起滑雪的那些人一样，被杀死的也都是奥地利人。当然，不是同一批。和他滑了整年雪的汉斯曾在皇家猎兵[2]服役，一起爬上锯木场上方的小山谷打野兔时，他们聊起过帕苏比奥之战，聊起过佩尔蒂卡拉和阿萨隆尼遭到的进攻，他没写过一个字。也没写过蒙特科罗纳，没写过塞特科穆尼，没写过阿尔谢罗[3]。

他在福拉尔贝格和阿尔贝格[4]待过几个冬天？是四个。接

---

1 原文此处为法语"Sans Voir"，意为"不看"。

2 KaiserJägers，奥匈帝国的皇家精锐部队，1918年解散。

3 帕苏比奥（Pasubio）、佩尔蒂卡拉（Perticara）、阿萨隆尼（Asalone）、蒙特科罗纳（Monte Corona）、塞特科穆尼（Sette Communi）、阿尔谢罗（Arsiero），均是意大利地名。

4 福拉尔贝格（Vorarlberg）和阿尔贝格（Arlberg），奥地利著名冬季度假区。

着，他记起那个卖狐狸的男人，那时他们刚刚走进布卢登茨，打算去买礼物，他记起上好樱桃酒里的樱桃核味道，记起在干燥的粉雪上飞驰，嘴里唱着"嗨！嚯！罗利说"[1]，滑过最后一段，冲下陡峭的山坡，笔直向前，转三个弯，穿过果园，跃过沟渠，踏上旅馆背后结冰的路面。掰开卡子，蹬掉雪板，把它们竖在旅馆木墙边，灯光从窗户里透出来，屋子里烟雾腾腾，新酒闻着很暖，他们正拉着手风琴。

"我们在巴黎时住在哪儿？"此刻，在非洲，他问身边帆布椅上的女人。

"克里翁酒店。你知道的。"

"我怎么知道？"

"我们总是住那里。"

"不。并不总是。"

"是，还有圣日耳曼的亨利四世酒店。你说过你爱那儿。"

"爱是堆屎。"哈里说，"我就是只站在屎堆上打鸣儿的公鸡。"

"如果你不得不离开，"她说，"是不是一定要把留下的都毁了？我是说，你是不是非得把一切都带走？是不是非得杀掉你的马、你的妻子，烧掉你的马鞍和盔甲？"

"是。"他说，"你那些该死的钱就是我的盔甲。我的

1　出自爱尔兰民谣《井中的青蛙》。

快马和我的盔甲。"

"别这样。"

"好啊。我不这样。我没想伤害你。"

"现在说有点晚了。"

"那好吧。我就接着伤害你。这挺有趣。反正我唯一喜欢和你做的事现在没法做了。"

"不，这不是真的。你喜欢做很多事，你想做的事我都会陪你。"

"噢，看在上帝的份上，别说漂亮话了，行吗？"

他看向她，发现她哭了。

"听着。"他说，"你觉得我这样有趣吗？我不知道为什么要这么说。大概是要破坏一切来让自己活下来吧，我猜。咱们刚开始聊天时我还好好儿的。我没想这样，现在我就像个疯狂的傻子，对你也糟透了。别在意我说的那些话，亲爱的。我爱你，真的。你知道的，我爱你。我从未像爱你那样爱过任何其他人。"

他又开启了平日里为换得面包黄油而惯常说的谎言。

"你对我很好。"

"你这婊子，"他说，"你这有钱的婊子[1]。这是诗。我现在浑身都是诗。腐烂和诗，腐烂的诗。"

"停下来。哈里，为什么你现在一定要变成个恶魔？"

---

1 原文 rich bitch 为叠韵，所以下文说"这是诗"。

"我什么都不想留下。"男人说，"我死后什么都不想留下来。"

现在已经是黄昏，他睡了一觉。太阳落到山后，一片阴影横跨过平原，小动物来到营地附近觅食，这会儿，他就在看着它们。它们的脑袋飞快地一点一点，尾巴扫来扫去，小心地与矮树丛保持着距离。大鸟不再停在地面上，全都沉甸甸地盘踞在树梢，更多了。他的随身男仆守在床边。

"夫人去打猎了。"男孩说，"老爷想要些什么吗？"

"不。"

她是想去弄些肉回来，知道他有多爱看这个，她特意跑得远远的，避开他视线内的一小块平原，免得打扰了他。她总是那么体贴，他想。不管是知道的，曾经读过的，还是听到过的，她都记着。

这不是她的错，他遇到她时，就已经毁了。一个女人要怎么才会知道，你的那些话毫无意义，只不过是习惯性地顺口说说，只不过是为了图个舒服？自从不再用真心之后，他就靠谎言应付女人，比说实话时得心应手多了。

与其说，他是想要说谎，不如说是没什么真话可说。他曾拥有过自己的生活，但那早已结束，之后还继续活着，和另一些人一起，更有钱，待在那些最棒的老地方，也去一些新去处。

不去多想，一切都很好。你心里有数，做好了防备，所以不会再像大多数人那样受伤，对于曾经在乎的工作，你摆出了毫不在意的姿态，结果，你就再也无法工作了。可是，你暗地里告诉自己，你会把这些人都写出来的，至于那些大富豪们，你并不是其中一员，只是他们国度里的冷眼旁观者，你终究会离开，把这些化为文字，至少这一次，是个真正了解内情的人在写作。但他再也无法办到了，因为那没有写作的每一天，舒适的每一天，扮演着他所瞧不起的人的每一天，早已耗去了他的能力，消磨了他工作的欲望，最后，他就彻底不工作了。他不工作时，那些他认识的家伙也就都觉得舒服多了。在生命中最好的时光里，非洲曾给他带来了最多的快乐，所以他回到这里，想要重新开始。他们安排了这次游猎，不讲究舒适。但也不艰苦。只是没有奢华享受而已，他想着可以通过这样的方式重新锻炼自己。他或许可以想办法给灵魂减减肥，就像拳击手进山里训练一样，以便重新焕发活力，调动起他的身体。

她原本很喜欢的。她说过，她爱这次旅行。一切能让人兴奋的东西她都爱，包括环境的改变，那里有新的人和令人愉悦的东西。他也恍惚感到重新获得了工作的力量。如果现在就是结局，他知道这就是，他绝不能像有些蛇那样，因为断了脊梁就啃咬自己。这不是那女人的错。就算不是她，也会是其他人。如果以谎言为生，就该试着在谎言里死去。他听到山后传来一声枪响。

她打枪打得很好，这个富有的婊子、仁慈的守护人、他才华的摧毁者。胡说。是他自己毁了自己的才华。他怎么能责备这个女人，就因为她让他衣食无忧？是他自己荒废了自己的才能，背叛了自己和心中的信念，他饮酒无度，磨钝了洞察的锋锐，他懒散、怠惰、势利、自高自大、心怀偏见，他不择手段，满口谎言。这是什么？一张旧书单？他到底有什么才能？是，他有过一项还过得去的才能，却没有好好使用它，反倒是用它来做了交易。问题始终不在于他做过什么，只在于他能做什么。而他选择了用其他东西谋生，而不是笔。每次他爱上一个女人，这女人都比前一个更有钱。这很奇怪，不是吗？可现在，他不再爱了，满口谎言，就像对现在这个女人一样，她是最有钱的一个，有的是钱，曾有过丈夫和孩子，有过些不如意的情人。她深爱他，把他看作作家、男人、伴侣和珍宝。奇怪的是，虽然压根不爱她，一切都是谎言，他却比真心爱恋时做得更好。

我们能做什么必定是早就注定了的，他想。无论如何，你总得靠才能谋生。他一辈子都在出卖生命力，以这样那样的方式，而不动多少真情的时候，你反而能让金主的钱花得更值。他早就明白了这一点，但从没写出来，现在也不。不，他不会写的，尽管这很值得一写。

这会儿她出现了，正穿过开阔地向营地走来。穿着马裤，带着她的来复枪。两个男孩拖着一只羚羊跟在她身后。她仍是个好看的女人，他想，身体也动人，在床笫间很有天分和品位。她并不漂亮，可他喜欢她的脸。她阅读很广，喜欢骑马打猎，当然，酒喝得有点多。年轻时，她丈夫就死了，后来，她一心扑到两个刚刚长大的孩子身上，可他们并不需要她，觉得被束缚住了，再后来，她的心思转向马，转向书，还有酒。她喜欢在晚饭前的黄昏里读书，一边喝着苏格兰威士忌苏打。到吃饭时已经醉得不轻了，餐间再有一瓶葡萄酒下去，就可以倒头睡下。

这是在情人们出现以前的事。有情人之后她就不喝这么多了，因为用不着靠酒来入睡。但这些情人很快就让她腻烦了。她嫁过一个男人，从没烦过，可这些人让她烦透了。

后来，她的一个孩子在飞机失事中去世，她不想再靠情人和酒来麻醉自己了，不得不寻找另一种生活。突然之间，她很害怕一个人待着，只想找个值得敬重的人陪着。

开头很简单。她喜欢他的书，一直羡慕他笔下的生活。觉得他做的都是自己想做的事。慢慢地，她虏获了他，也在这过程中爱上了他，一切都很自然，她建立了新的生活，而他则卖掉了过去的生活。

为了安全感，也为了安逸，他卖掉了过去，这没什么好否认的，还能为什么呢？他不知道。她对他予取予求。他知道。她是个该死的好女人。谁见了都会想和她上床，他也不例外，或者说，宁愿是她，因为她更富有，因为她那么亲切、迷人，有品位，因为她从不矫揉造作。可现在，她重新建立起的新生活又要到头了，就因为两周前荆棘扎破膝盖时他忘了涂碘酒，当时他们是想再靠近些去拍一群非洲大水羚，它们的头高高抬起，四处张望，努力嗅着空气里的味道，耳朵大大张开，只要有一丝异样的声音，就立刻冲进矮树丛里。没等他按下快门，它们就跑掉了。

她现在走过来了。

他躺在帆布床上，转过头看向她。"嗨。"他说。

"我打了一只公羚羊。"她告诉他，"能给你做碗好肉汤，我还让他们用克林奶粉做些土豆泥。你感觉怎么样？"

"好多了。"

"这不是很好吗？你知道，我就想着你会好起来的。我离开时你睡着了。"

"我睡了个好觉。你走得远吗？"

"不。就在山后面。打那只羚羊时我干得棒极了。"

"你很会打猎，你知道的。"

"我爱这个。我爱非洲。真的。如果你还好好儿的，那这就是我最快活的日子。你不知道，和你一起打猎有多开心。我原本很爱这个国家。"

"我也爱它。"

"亲爱的，你不知道，看到你感觉好些了有多棒。你之前那样我简直要受不了了。别再那样对我说话了，好吗？答应我？"

"好。"他说，"我都不记得自己说了些什么了。"

"千万别再伤害我了。行吗？我只是个爱你的中年女人，想要陪着你做你喜欢的事。我已经被毁过两三次了。你不想再毁我一次，对吗？"

"我很乐意在床上毁你几次。"他说。

"是啊，那是很棒的毁灭。我们都乐意被那样毁灭。明天飞机就会到了。"

"你怎么知道？"

"我知道。它会来的。男孩们已经准备好了柴火，在草地上架好了柴堆。我今天又下去看过了。这里有的是地方可以降落，我们已经在两头都堆好了柴堆。"

"你为什么觉得它明天会来？"

"我确定。这都已经晚了。等到了城里，他们会治好你的腿，接着我们就可以来些很棒的毁灭。再也没有那些糟透了的谈话。"

"来杯酒如何？太阳下山了。"

"你觉得你该喝吗？"

"我要喝一杯。"

"那我们一起喝一杯。莫洛，拿两杯威士忌苏打来！"她喊道。

"你还是穿上防蚊靴的好。"他提醒她。

"等洗过澡再穿……"

他们喝着酒，天越来越黑，已经没法瞄准射击了，就在完全黑下来之前，一只鬣狗穿过空地朝山边跑去。

"那杂种每晚都这么跑过去。"男人说，"两个星期了，每晚都是。"

"晚上叫的就是它。我倒不太在意。虽说它们是种肮脏讨厌的动物。"

两人一起喝着酒，没有疼痛，男孩们点起了火，影子在帐篷上跳跃，要不是一直躺着有些难受，他几乎又要沉迷在过去那种安逸放任的生活中了。她对他非常好。可今天下午他却粗暴不公。她是个好女人，真的非常好。就在那一刻，他意识到自己要死了。

这念头一下子冒出来，不像奔涌而来的水或呼啸而来的风那样，而是一种突然弥漫的空虚，充满不幸的味道。诡异的是，那只鬣狗也贴着这股气息的边缘悄悄溜了过来。

"那是什么，哈里？"她问他。

"没什么。"他说，"你最好换一边坐。挪到下风处去。"

"莫洛帮你换药了吗？"

"换了。我现在只用硼酸。"

"现在觉得怎么样？"

"有点晕。"

"我去洗个澡。"她说，"很快就出来。我们一起吃饭，过后再把床抬进去。"

看，他对自己说，我们没有吵架，干得很好。他几乎没怎么和这个女人吵过架，可和他爱的女人在一起时，他们总是吵吵闹闹，以至于最后不得不分开。他曾经爱得太深，要求得太多，心力交瘁。

他想起那时候，一个人待在君士坦丁堡，离开巴黎前他们刚刚大吵了一架。他一直和妓女厮混在一起，可完事后不但没能驱散寂寞，反倒更糟了。于是他给她写信，那是他的第一个爱人，已经离开了他，他写信诉说那些从没能摆脱的寂寞……告诉她，有一次他怎样以为在摄政王宫外看见了她，结果脑子嗡嗡作响，心乱如麻；怎样看到一个有些像她的女人，就会尾随在她身后，顺着马路走，生怕发现那并不是她，害怕这份感觉化为泡影。和他一起睡过的每个人都只会令他更思念她。她做什么都不要紧，因为他发现自己早已爱她爱得无法自拔。他在夜总会里写这封信，很冷静，然后寄到纽约，请求她回信到他在巴黎的办公室。这样似乎妥当些。那个晚上，他太想她了，心里空落落地难受，便到处闲逛，经过马克西姆时找了个姑娘一起去吃晚餐。后来，他们到某个地方跳舞，可这姑娘跳得太差劲了，他丢下她，另找了个火辣的亚美尼亚女人，她的小腹紧贴着他摇摆，热得发烫。经过一番争斗，他才从一个英国炮兵中尉手里抢到了她。那中尉把他叫到外面，两人当街扭打起来，地上铺着鹅卵石，四周黑乎乎的。他在炮兵下巴一侧狠狠揍了两拳，出手很重，炮兵没倒下去，这下他知道得有一番好打了。炮兵打中了他的身体，又一拳砸在他的眼角。他再一次挥动左拳，打中了，炮兵倒在他身上，抓住他的外套，撕下一只袖子，他在他耳朵后面捶了两下，一边推开他，一边用右手给了他一拳。炮兵倒下时头先着地。听到宪兵来的声音，他拉着姑娘跑了。他们跳上一辆出租车，沿着博斯普鲁斯海峡[1] 开往里米利·希萨，兜了一大圈，才在寒冷的夜里回城，上了床。正如看起来的一样，她是枚熟透了的果子，但肌肤滑腻，宛如玫瑰花瓣，美妙如糖浆，肚子平滑，双乳丰腴，根本用不着在

---

1 Bosphorus，又名伊斯坦布尔海峡，连通黑海和马尔马拉海，是欧亚的分界线。

屁股下垫枕头。可当第一缕阳光照进来时，一切都变得粗俗不堪。他没等她醒就离开了，带着一只乌青的眼睛去了佩拉宫酒店，少了只袖子的外套只能拿在手里。

当天晚上他就去了安纳托利亚[1]，他还记得，在稍后的旅程中，整天骑着马穿行在罂粟地里。人们种罂粟来提炼鸦片，它给人的感觉如此奇怪，最后，似乎怎么走都不对，他来到了曾和新来的君士坦丁堡军官们一起发动进攻的地方，他们狗屁不通，炮弹直接轰进了队伍里，那个英国观察员哭得跟个孩子似的。

那是他第一次看到那样的死人，穿着白色芭蕾裙，翘起的鞋尖上缀着绒球[2]。土耳其人如潮水般涌来，他看到穿裙子的男人四处奔逃，军官朝他们开枪，后来军官们自己也跑了起来，他和那个英国观察员也在跑，一直跑到肺里发疼，嘴里充满了铁锈味，才躲在几块岩石背后停下来，土耳其人仍然像潮水一样涌来。后来，他看到了从没想过的情形，越到后面越糟糕。等到他返回巴黎时，根本没法谈起这事，提都不能提。在他路过的一个咖啡馆里，那个美国诗人面前堆着一叠茶碟[3]，土豆似的脸看起来一副蠢相，正在和一个罗马尼亚人大谈达达主义运动。那罗马尼亚人说自己名叫特里斯坦·查拉[4]，他总是戴

---

1 Anatolia，又称小亚细亚，位于地中海和黑海之间的土耳其半干旱高原。

2 希腊男子的传统服饰。

3 当时习惯以茶碟计算所饮咖啡或酒的数量。

4 Tristan Tzara（1896—1963），法国超现实主义代表人物，达达主义运动创始人。

着单片眼镜，常常头疼。他回到公寓和妻子待在一起，现在他又爱她了，争吵结束了，疯狂结束了，真高兴能回家。办公室把他的信件都转到了家里。一天早晨，之前那封信的回信来了，装在大盘子里，一看到笔迹，他就浑身发冷，想把它塞到其他信下面去。但他妻子说："亲爱的，那封信是谁寄来的？"于是，一切刚刚开始就走到了尽头。

他记得和每个人在一起的美好时光，还有争吵。他们总是选在最好的地方吵架。为什么他们总是在他感觉最好的时候吵架啊？他从没就此写过一个字，首先，他绝不想伤害任何人，看起来不伤害也有够多的东西可以写。但他总想着，要等到最后再来写。有太多可写的了。他目睹了世界的变化，不仅仅是一些事件；尽管他看过了许多，观察过许多人，可他也看到了微妙的变化，记得人们在不同时候是什么样子。他曾经身处其中，曾经亲眼目睹，他的职责就是记录下这些。可现在，他永远做不到了。

"你感觉怎么样？"她说。她已经洗好澡从帐篷里出来。

"还好。"

"想吃点东西吗？"他看见莫洛跟在她身后，端着折叠桌，其他男孩端着盘子。

"我想写点东西。"他说。

"你该喝些肉汤来补充体力。"

"我今晚就要死了。"他说，"不需要体力。"

"别瞎说，哈里，拜托。"她说。

"为什么不用用你的鼻子？我都烂到大腿根了。我他妈的为什么还要用肉汤来自欺欺人？莫洛给我拿杯威士忌苏打来。"

"求你，喝点肉汤吧。"她温柔地说。

"好吧。"

肉汤太烫了。他只好把汤留在杯子里等它凉下来，然后一口气灌了下去。

"你是个好女人。"他说，"别再管我了。"

她仰起脸看着他，这张脸常常出现在《激驰》和《城市与乡村》[1] 上，备受人们喜爱，只不过因为饮酒和耽于床笫而稍稍有些失色，但《城市与乡村》从未展示过她迷人的双乳、有力的大腿，还有那轻抚腰背的双手。当抬头看到她那有名的动人微笑时，他感到死亡再次靠近了。这一次不是闯进来的。那是一口烟，像摇曳烛火的轻风，让火焰陡然高涨。

"他们等会儿可以把我的帐子拿来挂在树上，再烧一堆火。今天我不进帐篷了。犯不着挪来挪去。今晚很凉爽，不会下雨。"

所以，这就是他的死法了，死在悄无声息的一阵低喃中。好吧，再也不会有争吵了。这个他能担保。他从没有过这样的体验，到这时，他再也不会搞砸了。原本可能会的。你搞砸了一切。但大概再也不会了。

"你不会记录口授，对吧？"

"从没学过。"她告诉他。

1　*Spur, Town & Country*，两者都是杂志名。

"那好吧。"

没时间了。当然，只要处理得当，看起来只要短短一段话就能把这所有一切都概括进去。

湖边山上有一座小木屋，墙缝里抹着白色的灰泥。门边柱子上挂着一个铃铛，用来招呼大家吃饭。屋后是原野，原野后面是一片林子。一排钻天杨从小屋直排到码头上。岬角也有白杨迤逦。一条小路沿着林边蜿蜒上山，他曾在路边摘黑莓。后来，木屋烧毁了。放在壁炉鹿角架上的那些猎枪也烧毁了，枪托化为灰烬，只留下枪管和熔化的铅弹，扔在灰堆上，那些灰原本是要用来给煮肥皂的大铁锅做碱水的。你问祖父，能不能拿枪管来玩，他说，不行。你就知道，它们仍旧是他的枪。他再没有买过别的枪。也再没有打过猎。如今在老地方重新修起了一座木头房子，漆成白色，从门廊上，你能看到白杨和远处的湖；但再也没有猎枪了。曾架在木屋墙头鹿角架上的那些枪管，仍旧躺在灰堆上，再也没有人去碰过它们。

战争过后，我们在黑森林[1]里租下一条鳟鱼溪，有两条路可以通向那里。一条从特里贝格[2]下到山谷，绕过树荫里连接着白色道路的山谷小道，转进上山的岔路，一路经过许多小农场，农场上点缀着高大的黑森林房屋，直到溪边。我们就

1　Schwarzwald，德国西南部山林地区，著名游览胜地。
2　Triberg，德国市镇名，位于黑森林中心。

从这里开始钓鱼。

另一条路陡直爬到树林边缘，穿过松林，翻过山顶，来到草地边，然后向下跨过草地，通到桥头。桦树沿着溪边生长，这条溪不大，窄窄的，水流清澈、湍急，桦树根边汪出一个个小水坑。在特里贝格的旅馆里，主人家生意兴隆。那是段愉快的时光，我们成了很好的朋友。第二年，通货膨胀开始了，他前一季赚的钱甚至没办法应付开店的成本，他上吊自杀了。

你可以口述这些，但你无法单凭口述描绘出护墙广场[1]的模样：卖花人在街道上染他们的花，颜料流得满街都是，公共汽车从那里开出，总有老人和老妇人被葡萄酒和劣等果渣酒灌醉；孩子们在冷风中抽着鼻子，污浊的汗味和贫穷的气息，爱好者咖啡馆里的醉汉，弥赛特[2]舞场里的妓女，她们就住在舞厅楼上。看门女人在她的隔间里招待共和卫队[3]的骑兵，那飘着马鬃的头盔就放在椅子上。大堂对面住着一位房客，她的丈夫是自行车手，那个早晨，她在乳品店里翻开《机动车报》，看到丈夫赢得了环巴黎自行车赛的第三名，禁不住满心欢喜，那是他的第一场重大赛事。她满面红光，大笑着跑上楼，手里抓着那份黄色的体育报，接着又哭了起来。舞厅老板娘的丈夫是个出租车司机，当他——哈里——不得不赶早班飞机时，这

---

1 Place Contrescarpe, 法国巴黎最著名的广场之一。

2 Bal Musette, 19 世纪 80 年代风靡于巴黎的音乐舞蹈形式，用手风琴伴奏。

3 Garde Republicaine, 隶属法国国家宪兵队，负责重要场合的仪仗、军乐表演及巴黎主要场所、首领、外宾的护卫。

位丈夫就会来敲门叫他起床，出发前，他们会在锡皮酒吧台旁一人喝上一杯白葡萄酒。那会儿他很熟悉街区里的邻居们，因为大家都是穷光蛋。

广场一带只有两种人，醉汉和运动狂。醉汉靠狂饮滥喝来应付困境，运动狂则用锻炼来忘掉贫困。他们都是巴黎公社成员的后人，了解政治对他们来说一点也不难。他们很清楚，当凡尔赛军队进城时，是谁杀死了他们的父亲、他们的亲人、他们的兄弟、他们的朋友，取代公社占领了这座城市，抓捕一切能抓到的人，手上生茧的、戴帽子的，或是有任何迹象表明是工人的，杀死他们。在那样的贫困中，在街对面就是马肉铺和酿酒坊的街区里，他开始了最初的写作。巴黎再没有什么地方能让他这般热爱了，恣意生长的树木、底下刷成棕色的白色老房子、圆形广场上公交车的绿色长条、人行道上的紫色染花液、从山上到塞纳河边的主教街陡坡，以及另一边穆浮塔街窄小拥挤的世界。向上通往先贤祠 [1] 的街道，另一条他常常在上面骑车的路——那是这个区域唯一的柏油马路，轮胎下的路面平顺整齐，房屋又高又窄，还有那间高耸的廉价酒店，保罗·魏尔伦 [2] 就死在里面。他们住的公寓只有两个房间，他租下了旅馆顶楼的一间房，每个月得花上六十法郎，他在那里写作，抬眼就能看到屋顶、烟囱盖和巴黎所有的山。

1　Pantheon，安葬和纪念法国历史名人的殿堂，位于巴黎的拉丁区。
2　Paul Verlaine，法国诗人，19 世纪末法国及国际诗坛的重要代表人物。

从公寓里你只能看到那个卖柴火和煤的家伙的店。他也卖酒，劣酒。马肉铺外有个金色马头，敞开着的窗户里挂着红的黄的马肉；他们在刷成绿色的酿酒坊里买酒，又好又便宜。旁边就是灰泥墙和邻居们的窗户。每当夜里，某个人醉倒在大街上，是那种人们会矢口否认的法国式的酩酊大醉，哼哼着，唉声叹气，邻居们的窗户就会打开来，接着传出一阵喃喃的说话声。

"警察在哪儿？你不想看到他时这该死的家伙总是晃来晃去。他是在和哪个看门人睡觉吧。叫管理员来。"直到某个人从窗口泼下一盆水来，呻吟声才会停止。"那是什么？水。哦，真聪明。"接着，窗户都关上了。玛丽，他的清洁女工，在抗议8小时工作制时说："如果当丈夫的工作到六点下班，那他回家前只能顺路喝上两口小酒，不会太浪费。可要是只工作到五点，那他就会每天晚上都喝得烂醉，把钱也花个精光。缩短工作时间，受罪的是工人的妻子。"

"不想再来点肉汤吗？"女人正在问他。

"不，多谢你了。这真是太棒了。"

"就只多喝一点儿。"

"我更想来杯威士忌苏打。"

"那对你没好处。"

"是。这对我不好。科尔·波特写的，作词作曲，'知道你正为我疯狂'[1]。"

1　科尔·波特（Cole Porter, 1891—1964），美国词曲作家,曾写过一首名叫《这对我有害》（*It's Bad for Me*）的歌,"知道你正为我疯狂"是其中一句歌词。

"你知道我是喜欢你喝酒的。"

"哦，是的。只不过这对我不好。"

她走开时，他想着，我会得到我要的一切。不是我想要的一切，而是我有的一切。唉，他累了，太累了。他要睡一小会儿。他静静躺着，死神还没到来。它一定是逛到别的路上去了。它成双成对地来，骑着自行车，悄无声息地走在人行道上。

不，他还从来没有写过巴黎。没写过他在乎的那个巴黎。但其他那些他从没写过的东西又怎样呢？

大牧场和银灰色的灌木丛、农田水渠里清澈欢快的流水、深绿色的苜蓿，又怎样呢？小径一路向上探进小山丘里，夏天的牛活像是害羞的鹿。到了秋天，当你赶着牛群下山时，吆喝声、一刻不停的喧闹声，缓缓移动的牛群扬起的尘土，统统混在一起。而群山背后，山峰的轮廓在暮光里清晰分明，月色下骑着马沿小径下山，山谷对面一片皎洁。此刻，他想起黑夜里抓着马鬃穿过树林下山的情形，一路上什么也看不见，他想起了所有原本打算写的故事。

那个留在牧场上打杂的弱智男孩，被嘱咐别让任何人拿走哪怕一根干草，还有那个从福克斯来的老混蛋，男孩为他工作时曾经挨过他的揍，他想弄点干草当饲料。男孩拒绝了，老家伙嚷嚷要再揍他一顿。男孩从厨房里拿出了来复枪，当他试图闯进畜栏时开枪打中了他。等他们回到牧场，那老头已经死了一个礼拜了，在畜栏里，冻得梆硬，尸首都被狗啃掉了半截。

但你用毯子裹起残尸，拿绳子绑在雪橇上，让那男孩帮你拖着，你们俩穿上滑雪板带着它上了路，滑了六十英里来到镇上，把那男孩交了出去。他根本不知道自己会被抓起来。还想着他是在尽自己的职责，还以为你是他的朋友，以为他会得到奖赏。他帮忙把那老家伙拖过来，这样人人都能知道那老头有多坏，知道他是怎样试图偷那些不属于他的饲料，直到治安官给他铐上手铐时，他还无法相信这一切。他哭了起来。这是他攒着想要写的一个故事。他知道至少二十个出自那里的好故事，可他一个都没写过。为什么？

"你来告诉他们为什么。"他说。

"什么为什么，亲爱的？"

"没什么。"

现在她不喝那么多了，从认识他开始就这样。但如果他活着，是永远不会写她的，这会儿他很清楚，也不会写他们中的任何一个。有钱人全都乏味得很，喝得太多，整天就会玩西洋双陆棋。他们乏味无趣，唠唠叨叨。他记得可怜的朱利安[1] 和他对他们浪漫的敬畏，记得他曾如何动手写一个故事，开头就说："富人和你我都是不同的。"记得曾有人如何对朱利安说，

1　此处的"朱利安"在本篇1936年发表于《君子》（*Esquire*）时为"司各特·菲兹杰拉德"，借此嘲弄对方。后因菲兹杰拉德的要求而在归入单行本时改为了"朱利安"。司各特·菲兹杰拉德（Scott Fitzgerald, 1896—1940），美国作家，与海明威同为"迷惘的一代"的代表人物，代表作《了不起的盖茨比》。

没错，他们更有钱。但对于朱利安来说，这不是玩笑。他认为他们是别有魅力的群体。当他发现事实并非如此时，他被打倒了，就像被其他事情打倒了一样。

他曾经瞧不起那些被打倒的人。你不必非得因为了解而喜爱它。他能应付一切，他想，只要不在乎，就没有什么能伤害他。

好吧。现在他不在乎死亡了。一直让他害怕的是疼痛。他能像任何人一样忍受疼痛，除非疼得太久，让他筋疲力尽，可如今就是有这么样东西疼得他够呛，就在他觉得快要扛不住时，疼痛停止了。

他记得很久以前，那时投弹官威廉姆森正要趁夜钻过铁丝网回营地，却被德国巡逻队的手榴弹炸中了，他尖叫着，央求每一个人杀了他。他是个大胖子，非常勇敢，是个好军官，只是总喜欢炫耀。但那个晚上，他在铁丝网那里被抓住了，探照灯找到了他，他的肠子都流了出来，挂在铁丝网上，还活着，当他们要把他抬进来时，不得不剪断他的肠子。打死我，哈里。看在上帝的份上，打死我。他们有一次曾经争论过，讨论耶稣基督是否从不会让人承受你无法承受的东西，有人举例说，只要过上一段时间，疼痛就会自动消失了。但他总是记得威廉姆森，记得那个晚上。什么都没有消失，直到他在他身上用光了所有的吗啡片，那是他省下来备着自己用的，可即便这样，药片也没有及时生效。

可现在，他非常轻松。只要情况不再恶化，就没什么好担心的。只是他宁愿身边有个更好的伴儿。

他稍稍想了一下，自己究竟想要什么样的伴儿。

不行了，他想，如果你做什么都太拖沓，开始得太晚，就不能期望别人还待在那儿等着你。大家都走了。聚会结束了，如今只剩下你和你的女主人。

我已经开始厌倦死亡这事了，就像厌倦其他每件事一样，他想着。

"无聊。"他大声说。

"怎么啦，我亲爱的？"

"什么都拖得太他妈久了。"

他看着她的脸，篝火映在她背后。她向后靠在椅子上，火光勾出动人的脸部轮廓，他能看到，她已经昏昏欲睡了。他听见鬣狗的动静，就在火光的外面。

"我一直在写作。"他说，"可我累了。"

"你觉得你能睡得着吗？"

"非常确定。你干吗不进去呢？"

"我想在这里陪你。"

"觉不觉得有什么不对劲？"他问她。

"没。只是有点困了。"

"我觉得。"他说。

他刚刚感觉到死神又来了。

"你知道，我唯一没失去的就是好奇心。"他对她说。

"你什么都没失去。你是我知道的最完美的男人。"

"上帝啊，"他说，"女人是多没见识啊。这是什么？你的直觉？"

因为，就在刚才，死神来了，头靠在床脚，他闻得到它呼吸的味道。

"永远不要相信什么长镰刀、骷髅头。"他对她说，"它可能就是两个简简单单骑着自行车的警察，或者一只鸟。也可能有个鬣狗一样的大鼻子。"

它现在正在逼近他，但还是没显出什么模样来。只是就在那里。

"让它滚开。"

它没有走开，反而更靠近了些。

"你的呼吸难闻死了。"他对它说，"你这臭杂种。"

它还在靠近，现在，他没法说话了，见到他说不了话，它靠得更近，他开始试着不说话就赶跑它，但它已经挪到了他身上，压在他的胸口。当它蹲上来时，他动不了，也说不了话，只听见女人说："老爷睡了。把床抬进帐篷里去，轻点儿。"

他没法叫她把它赶走，它现在就蹲在那里，越来越重，他快不能呼吸了。接下来，就在他们抬起折叠床的那一瞬，一切突然恢复了，胸口的重量移开了。

现在是早晨，天已经亮了有一会儿了。他听到飞机的声音。它看上去很小，在天上转了一大圈，男孩们跑过去用煤油点起火，再堆上草，这样平地的两头就都有显眼的大标记了。晨风把烟吹向营地，飞机又绕了两圈，这一次飞得低了些，接着开始向下滑行，拉平，平稳地降落。冲着他走过来的是老康普顿，穿着宽松长裤和花呢夹克，戴着一顶棕色呢帽。

"怎么了，老伙计？"康普顿说。

"腿坏了。"他告诉他，"来点儿早餐？"

"多谢。茶就行了。这是架银天社蛾，你知道的。我没法把夫人也捎上。只有一个人的位子。你们的卡车已经在路上了。"

海伦把康普顿拉到一边说了会儿话。回来时康普顿快活多了。

"我们现在就得带你走。"他说，"我会再回来接夫人一趟。恐怕我还得在阿鲁沙加一次油。咱们最好现在就动身。"

"那茶呢？"

"我也不是真的要喝，你知道的。"

男孩们抬起帆布床，绕过绿色的帐篷，沿着岩石下到平地上，经过火堆时，它们燃得正旺，草都烧掉了，风吹着火苗，他们走向那小飞机。把他抬进机舱里时费了些力气，坐上去后，他躺在皮座椅里，伤腿直挺挺地架在康普顿的座位旁。康普顿发动引擎，坐上了飞机。他朝海伦挥了挥手，又朝男孩们挥挥手，咔嗒声变成了熟悉的轰鸣，他们掉了个头，康比[1]小

---

1 康普顿的昵称。

心地避开疣猪打的洞，飞机轰鸣着，震颤着，在两个火堆间滑行，最后猛地一下抬头冲上天空。他看见他们全都站在下面，挥着手，营地靠在山边，看起来扁扁的，平原蔓延开去，树木一团一团的，矮树丛看起来也扁扁的，野兽出没的小道一直通到干涸的水潭边，那儿还有一个他从来不知道的新水潭。斑马只剩下一个个小小的滚圆背脊，角马成了大头的黑点，成排穿过草原时活像一根根手指，飞机的影子投在地上，把它们吓得四散奔逃，它们现在都变成了小不点儿，跑起来毫无气势。最远处，平原一路化为了灰黄色，而面前则是老康比的花呢外套和棕色呢帽。很快，他们飞过第一片山头，角马正成群往上爬，接着是高峻的山脉，深谷里的森林绿意盎然，山坡上长满了竹子，然后又是一片茂密的丛林，随着地势高低起伏，山坡缓缓向下延伸。他们继续飞，来到另一片平原，现在热起来了，草原变成了紫褐色，飞机在热浪里颠簸，康比回头看了一眼他的情况。前方出现了另一片黑黝黝的高山。

他们没有去阿鲁沙，而是向左转了个弯，他猜油够用了。低头望去，一片泛着点点粉红光芒的云朵正掠过地面，半空中，像是不知从哪里来了一阵暴风雪的排头兵，他知道，那是南方飞来的蝗虫。接着他们开始爬升，看起来是在往东方飞，天色突然暗了下来，他们闯进了暴雨里，雨水倾泻，像是在瀑布里飞行一般。闯出来之后，康比转过头来，咧嘴一笑，指了指。就在前方，他看到的，是如整个世界一般的广阔，宏大、高耸，在阳光下闪耀着不可思议的洁白光芒，那是乞力马扎罗的方形山顶。他明白了，这就是他正去往的地方。

黑夜里，鬣狗刚刚停止呜咽，开始发出一种奇怪的声音，像是人的哭声。女人听到了，不安地辗转起来。她还没有醒。在梦里，她正待在长岛的家中，那是她女儿首次登台演出的前夜。古怪的是，她父亲也在，举止十分粗鲁。这时，鬣狗疯狂的叫声太大了，她醒了过来，有那么一瞬间，不知道自己在哪里，觉得非常害怕。跟着，她抓起手电筒，照向另一张帆布床，哈里睡着后他们把它搬了进来。她能看见蚊帐里的身影，但不知怎么，他的腿伸了出来，垂在床边。伤口上的敷料都掉了，她没法再看下去。

"莫洛，"她叫道，"莫洛！莫洛！"

然后她说："哈里，哈里！"她的声音提高了，"哈里！求求你。哦，哈里！"

没人回答，她听不到他的呼吸声。

帐篷外，鬣狗还在发出刚刚吵醒她的那种奇怪声音。但她的心怦怦跳着，什么也听不见。

The Capital of the World

世界之都

马德里挤满了名叫"帕科"的男孩，这是"弗兰西斯科"的昵称。有一个马德里笑话，说一位父亲来到马德里，在《自由报》的个人广告栏登了一则启事——"帕科，星期二中午到蒙塔纳旅馆来。一切都过去了。爸爸。"结果来了八百名年轻人，不得不出动一队宪兵才驱散他们。但这位在卢阿尔卡公寓当餐厅侍应的帕科，并没有父亲要来原谅他，也没做过什么需要父亲原谅的事。他有两个姐姐，都在这里当客房服务员。之前，他们同村一位女孩也在卢阿尔卡当客房服务员，她的勤劳诚实为小村和小村人赢得了好名声，因此，姐妹俩才得到这份工作。两个姐姐替男孩支付了到马德里的巴士车费，为他谋取了这份当学徒侍应生的工作。他来自埃斯特雷马杜拉地区的一个小乡村，那里落后得不可思议，食物匮乏，不知舒适为何物，从记事以来，他就一直在拼命干活。

他长得很壮实，天生一头漆黑的卷发，一口好牙，还有让姐姐们妒忌的好皮肤，脸上总是挂着明朗的笑容。他脚步利落，活儿干得挺好，很爱他的姐姐，她们看起来很漂亮，成熟、精致；他爱马德里，这里至今仍让他觉得难以置信；他爱他的工作，这里灯光明亮，桌布洁净，身上穿的是燕尾服，厨房里食物丰盛，仿佛充满了浪漫之美。

住在卢阿尔卡公寓并在餐厅吃饭的还有八到十二个人，但对于帕科——这三名侍者中最年轻的一个——来说，他在意的就只有那些斗牛士。

二流的剑刺手[1]都在这所公寓落脚，它所在的圣朱诺尼莫大街位置很好，食物一流，膳宿也便宜。对一名斗牛士来说，保持表面的光鲜是必要的，即便无关财富，至少也关乎体面，在西班牙，礼数和尊严是最高的美德，比勇气更重要。除非花光了最后一个比塞塔[2]，否则没有斗牛士会离开卢阿尔卡。从没有哪个斗牛士离开这里搬去一家更好或更豪华的旅馆，二流斗牛士永远不会变成一流的。但从卢阿尔卡潦倒下去倒是很快，因为但凡能赚点儿钱的人都能住这里，客人不要求，账单绝不会出现在他面前，唯一的例外是老板娘发现他已经山穷水尽。

眼下就有三名正式剑刺手[3]住在卢阿尔卡，此外还有两名非常好的长矛手和一位出色的花镖手。对于长矛手和花镖手来说，卢阿尔卡已经很豪华了。他们的家人都在塞维利亚，春天才来马德里，只是找个落脚处罢了。但他们收入都不错，在接

---

1 剑刺手（matador）即斗牛表演中的主斗牛士，他在场上通常配有五名助手，包括两名长矛骑手（picador）和三名花镖手（banderillero），三者统称为"斗牛士（bullfighter）"。表演中，长矛手首先骑马出场，以长矛激怒公牛；随后花镖手徒步上场，尽力将双镖插入牛颈背部；最后才是被称为剑刺手的主斗牛士上场表演，并最终刺杀公牛。

2 欧元通行以前的西班牙货币单位。

3 斗牛士有正式与见习之分。

下来的斗牛季里有稳定的工作，雇佣他们的斗牛士签下了不少合同。所以，这三位斗牛士助手里，任何一个都可能比那三个主斗牛士赚得多。在三个剑刺手中，一个病了却装出没事的样子，一个是昙花一现的新手，第三个是个胆小鬼。

那个胆小鬼也曾非常勇敢，技艺超群，可在成为正式剑刺手的第一场表演上，被公牛顶破了下腹，伤势十分凶险，从此他就变了个人，倒还保留着当初成功时的好些怪毛病。他快活得过头，有事没事就哈哈笑。春风得意时，他相当热衷于恶作剧，但现在早已不玩这一套。他们敢担保，他是没这心思了。这个剑刺手长了一张开朗的聪明脸孔，举手投足都颇有派头。

生病的剑刺手总是小心翼翼，生怕露了馅，桌上的每盘菜都会去吃上一点。他有大堆的手帕，全都躲在房里自己洗，最近已经在卖他的斗牛装了。圣诞节前他已经卖掉了一套，价格很便宜，4月的头一个礼拜里又卖了一套。这些本来是相当昂贵的衣服，被拾掇得很好，现在他手头还有一套。生病之前，他原本前途大好，甚至可以说声势不凡。他不识字，却收藏了一些剪报，上面说，他在马德里的首秀表现得比贝尔蒙特[1]还精彩。他独自坐在一张小桌边吃饭，很少抬头。

曾经昙花一现的那位剑刺手个头很矮，皮肤黝黑，非常有派头。他也是独占一张桌子吃饭，脸上很少有笑意，更别说大笑了。他来自巴利亚多利德，那里的人全都非常严肃。他有能力，

---

1 Belmonte，西班牙斗牛士（剑刺手），许多人认为他是有史以来最伟大的斗牛士。

但还没来得及赢得观众的喜爱，这种风格就过时了，他的优点在于勇气和冷静，就算他的名字再出现在海报上，也无法吸引人走进斗牛场了。当年，他的新鲜感在于，他实在是太矮了，几乎看不到公牛的肩隆，可惜，小个子斗牛士也不止他一个，他始终没能让观众记住。

至于长矛手，一个瘦瘦的人，灰发、鹰脸，没那么壮，可胳膊腿儿硬得像铁一样，长裤下总套着一双牧牛人的靴子，每晚都会喝多，总色迷迷地盯着进出公寓的每一个女人。另一个是个大块头，黑皮肤，古铜色的脸，长得很好看，有印第安人似的黑发和一双大手。这两人都是一流的长矛手。尽管人人都知道，前一个因为耽于酒色，身手已经大不如前了。而第二个据说是太顽固好斗，以至于一个赛季里就会换上好几个合作的剑刺手。

花镖手已经人到中年，头发灰白，猫一般灵巧，完全不像这个年龄的人。坐在桌边时就像一个事业顺当的生意人。至少在这个斗牛季里，他的双腿还状态良好，到了场上，机敏的头脑和丰富的经验都足以保证他在相当一段时间里不愁没有工作。但若是双脚不够灵活时，一切就大不一样了，他会慌了手脚，不像现在，场内场外都那样镇定自若。

这一晚，其他人都已经离开了餐厅，只除了那个鹰脸长矛手，他喝多了；还有一个脸上有胎记的男人，他逢年过节都在集市上拍卖手表，也喝多了；另外还有两名从加利西亚来的教士，他们坐在角落的桌子边，就算没喝醉，也差不多了。那时候，在卢阿尔卡，酒水还是包括在膳宿费中的，侍应刚刚又拿了几瓶瓦尔德佩纳斯的新鲜葡萄酒来送到客人桌上，先是手表拍卖商，然后是长矛手斗牛士，最后轮到两位教士。

三名侍者都站在屋子一头。这里的规矩是，只有自己负责的餐区客人统统走光后，侍者才能下班。但负责两位教士那张桌子的侍应今晚有个约会，要去参加一场无政府工团主义[1]者的聚会，帕科答应帮他顶个班。

楼上，生病的剑刺手正独自趴在他的床上。昙花一现的那位坐在窗边向外看，琢磨着出去到咖啡馆坐坐。胆小鬼斗牛士把帕科的一个姐姐叫到了他的房里，想拉着她做点儿什么，她正大笑着拒绝。那斗牛士说："来吧，小野猫。"

"不。"姐姐说，"我干吗要来？"

"找点儿乐子。"

"你酒足饭饱了，现在想拿我当餐后甜点。"

"就一次。有什么坏处呢？"

"别来烦我。告诉你，别来烦我。"

"只不过是小事一件。"

"别来烦我，我告诉你。"

楼下的餐厅里，最高的那名侍者已经误了开会的时间，说："看看那些喝个没完的黑猪猡。"

1　无政府工团主义是 19 世纪起源于法国的思潮，基本观点是工人团结、自治并直接行动，不受控于老板或其他管理者。

"别这么说。"第二个侍者说，"他们都是体面的客人。也没有喝得太多。"

"我看就该这么说。"高个儿说，"西班牙有两大祸害，公牛和教士。"

"这说的当然不是某一头公牛或某一个教士。"第二个侍者说。

"是的。"高个儿侍者说，"只有通过个体你才能攻击到群体。就该杀掉每一头公牛、每一个教士。一个不留。这才能清静。"

"这话留着到你的会上去说吧。"另一个侍者说。

"瞧马德里这乱七八糟的。"高个子侍者说，"十一点半都过了，这些家伙还在胡吃海喝。"

"他们十点才开始吃饭。"另一个侍者说，"你明知道这里有很多饭菜。酒也便宜。他们付过钱了。何况这酒也不烈。"

"有你这样的笨蛋，工人要怎么才能团结得起来？"高个儿侍者问。

"你瞧，"第二位侍者是个五十来岁的男人，"我一辈子都在工作。以后的日子里也必须工作。我对工作没什么好抱怨的。这本来就是应该的。"

"是啊，只不过没什么技术含量。"

"我一直都在工作。"年长侍者说，"去参加你的聚会去吧。你不用守在这儿。"

"你是个好同志。"高个儿侍者说，"但完全没有头脑。"

"Mejor si me falta eso que el otro（没头脑总比没工作好）[1]。"年长侍者说，"开会去吧。"

帕科什么也没说。他还不明白政治，但听高个儿侍者说起必须杀死教士和宪兵时，他总能感到一阵战栗。高个儿侍者让他知道了革命，革命总是浪漫的。他本人想要当一个好教徒，一个革命者，有一份像现在这样的稳定工作，同时，成为一名斗牛士。

"去开会吧，伊格纳西奥。"他说，"我会帮你看着的。"

"我们俩。"年长的侍者说。

"一个人就足够了。"帕科说，"去开会吧。"

"那，我就走了。"高个儿侍者说，"谢谢。"

与此同时，在楼上，帕科的姐姐挣脱了剑刺手的搂抱，熟练得很，就像拳击手破除对手的钳制，她生气了，说："你们这些饿狼。没用的斗牛士。一点胆量也没有。真有本事，用在斗牛场上去啊。"

"这话说得真像个婊子。"

"婊子也是女人。我也不是婊子。"

"你早晚会是。"

"那也不会是因为你。"

"离我远点。"剑刺手说，遭到了拒绝，他又胆小了起来。

"离你远点？还有什么没离开你的吗？"姐姐说，"想要

1　西班牙语。原文此处西班牙语直接在正文中释义，故此保留。

我帮你整理下床铺吗？我拿钱就是干这个的。"

"离我远点。"剑刺手说，他开朗好看的面孔皱成一团，看起来像要哭了似的，"你这婊子。你这肮脏的小婊子。"

"斗牛士。"她说着，带上门，"我的斗牛士。"

屋子里，剑刺手坐在床边，他的脸仍然皱着。在斗牛场上，他总是硬撑着挂着笑脸，把坐头排的观众吓一跳，他们都明白是怎么回事。"就是这样。"他大声说着，"就是这样。就是这样。"

他还记得一切都好时的光景，也不过是三年之前的事。他还记得绣金斗牛服的分量，那个5月的炎热午后，沉甸甸地压在肩上，那时候他在斗牛场里还和在咖啡馆里一样从容。他准备击杀公牛时，它正低下头，足以撞断木头的牛角又宽又大，角尖已经裂开，他紧盯着公牛的肩峰，那里覆盖着一层黑色的短毛，肌肉隆起，比牛角还高。他记得自己怎样把剑刺进去，手掌抵着剑柄，就像插进一块硬黄油里，很轻松，他放低左胳膊，左肩向前推，身体的重量压在左腿上，可接下来，重心不在腿上了。重量压在了小腹上，公牛抬头，把牛角扎进了他的身体里，得救之前，他两次被高高甩起。以至于到了现在，上场刺杀公牛时——这机会也很少了——他还是无法直视牛角，一个婊子哪里知道，失败之前他究竟经历过什么？她们又能经历过什么，就敢来嘲笑他？全都是些婊子，不知道自己有几斤几两。

楼下餐厅里，长矛手坐着，打量着教士。要是屋里有女人，他就死盯着她们。没有女人，他就饶有兴趣地看一个外国人，英国人。这会儿两者都没有，他又毫不客气地盯上了两个教士，自得其乐。这时候，长着胎记的拍卖商站起身来，叠好餐巾，走了出去。桌上还剩了大半瓶酒。如果他结清了卢阿尔卡的账单的话，一定会把酒都喝光的。

两名教士都没有看长矛手。其中一个正在说："我到这里已经十天了，一直等着见他，整天坐在候见厅里，他肯定不会见我的。"

"有什么办法吗？"

"没有。能做什么呢？个人是没办法对抗权威的。"

"我已经待了两个星期了，一无所获。我还在等，他们也不见我。"

"咱们都是从没人搭理的小地方来的。等钱花光，就可以回去了。"

"回那个没人搭理的小地方去。马德里在乎加利西亚什么呢？咱们那儿是个穷地方。"

"人们能理解咱们的兄弟巴西里奥做的事。"

"我还不确定巴西里奥·阿尔瓦雷斯 [1] 是不是可靠。"

"马德里就是个让人学着懂事的地方。他毁了西班牙。"

"要是他们肯见一下就好了，哪怕拒绝呢。"

"不会的。等着吧，你早晚会受不了，精疲力竭。"

---

1 Basilio Alvarez（1877—1943），西班牙神父、新闻工作者和政治家，20 世纪加利西亚运动的发起者，倡导平均地权、反托拉斯等。

“好吧，我们就瞧着吧。别人能等，我也能等。”

这时，那长矛手站起身，穿过餐厅走向教士们的桌子，停下来，面带微笑盯着他们，头发灰白，脸孔像鹰一样。

“斗牛士。”一个教士对另一个说。

“而且是个好手。”长矛手说着，走出餐厅。他穿着一件灰色夹克，蜂腰，罗圈腿，腿上套着紧身马裤，脚上蹬着他的高跟牧靴，大步流星走出去时敲在地板上嗒嗒作响，脸上带着得意的笑。他固守着自己的职业小天地，生活自成一体，夜夜纵饮，从不把什么放在眼里。这会儿，他点起香烟，在门厅里拿了帽子歪扣在头上，出门向咖啡馆走去。

教士们突然意识到餐厅里已经没有其他客人了，连忙跟在长矛手后面起身离开。现在，除了帕科和那名中年侍者，餐厅里一个人也没有了。他们收拾好桌子，把酒瓶都拿进厨房。

厨房里还有个洗盘子的男孩。他比帕科大三岁，非常刻薄，一派愤世嫉俗的模样。

“来一杯。”中年侍者说着，倒了一杯瓦尔德佩纳斯递给他。

“为什么不呢？”男孩接过酒。

“你呢，帕科？”中年侍者问。

“谢谢。”帕科说。他们三人都喝起酒来。

“我得走了。”中年侍者说。

“晚安。”他们对他说。

他走了，留下他们俩单独在一块儿。帕科拿起一条教士用过的餐巾，身体挺得笔直，脚跟牢牢钉在地上，学着斗牛士缓缓挥动斗篷的样子，放低餐巾，头跟着转动，晃动胳膊。他转了个身，右脚微微踏前一步，挥动餐巾做了第二次诱闪，面对那假想的公牛，占据了一点地利，接下来，第三次诱闪，这一次舒缓、从容，时机刚刚好，然后，将餐巾收回腰间，做了一个贝罗尼卡衔接[1]，闪身避开了公牛的一次进攻。

洗碗工——他的名字是恩里克——斜眼瞄着他，带着一丝嘲笑。

"牛怎么样？"他说。

"非常勇猛。"帕科说，"看。"

挺直了腰杆，他连做了四个完美的诱闪，流畅、舒展、优雅。

"牛怎样了？"恩里克围着围裙，端着他的葡萄酒杯，靠在水池边问道。

"还有劲儿着呢。"帕科说。

"真是懒得理你。"

"怎么了？"

"看着。"

恩里克解下围裙，做了四个无懈可击的吉普赛式慢动作，逗引那假想的公牛，最后用一个雷勃列那[2]收尾，趁公牛擦身冲过时，将围裙甩出一个利落的弧线，扫过它的鼻子。

---

1 media-verónica，斗牛表演中的技巧动作，快速小幅度地抖动斗篷，以迫使牛匆忙转身掉头。
2 Rebolera，斗牛表演中的技巧动作，需甩出斗篷扫过牛的面部，以此激怒公牛。

"瞧瞧我这个。"他说,"可我却在这里洗盘子。"

"为什么?"

"害怕。"恩里克说,"恐惧。你要是站在场上,和公牛待在一起,也会怕的。"

"不。"帕科说,"我不怕。"

"得了吧[1]!"恩里克说,"人人都会怕。只是斗牛士能控制他的恐惧,好对付公牛。我参加过一次业余斗牛,吓得半死,只好逃走。人人都以为斗牛很好玩。可到时候你也会害怕的。要不是因为害怕,西班牙所有的擦鞋男孩都能当上斗牛士了。你嘛,乡下小子一个,会比我怕得更厉害的。"

"不会的。"帕科说。

他已经在脑海中演练过太多次了。有太多次,他看着牛角,看着公牛潮乎乎的口鼻,它的耳朵抽动着,手里斗篷一挥,暴怒的公牛立刻低头猛冲过来,蹄子重重踏着地面,擦过他的身侧,当他又一次挥动斗篷时,公牛掉头又冲了过来。一次,又一次,再一次,最后用一个漂亮的贝罗尼卡动作收尾,牛被他逗弄得团团转,而他轻快地走开,近身闪避时牛毛挂在了他外套的金饰上;公牛呆呆站着,彻底傻了,观众欢声雷动。是的,他不会害怕。别人会害怕。他不会。他知道他不会怕。就算过去害怕,他也知道,无论如何,他都能做到。他坚信这一点。"我不会怕。"他说。

---

1 原文此处为西班牙语"Leche",本意是牛奶,俚语表示"去你的""算了吧"等意。

恩里克又说了一次："得了吧！"

接着说："要不咱们试试？"

"怎么试？"

"喏，"恩里克说，"你想象了公牛，可从来没有想象过它们的角。公牛力气很大，角尖活像尖刀，戳到人时就跟刺刀差不多，也能像重棒一样杀人。看这个。"他打开桌子抽屉，拿出两把切肉刀，"我来把它们绑到椅子腿上。然后我把椅子举在面前假装公牛，让你试试看。这刀就是牛角。如果你还能像刚才一样动作，那才算数。"

"围裙借我一下。"帕科说，"我们到餐厅里来。"

"不。"恩里克突然不刻薄了，"还是别试了，帕科。"

"不行。"帕科说，"我不怕。"

"等刀子到眼前时你就会怕了。"

"咱们走着瞧。"帕科说，"围裙给我。"

此时此刻，恩里克正拿过两条脏餐巾，好把切肉刀绑在椅子腿上，他缠好餐巾，打上结，这些刀都利得很，颇有分量。与此同时，帕科的姐姐们——两名客房服务员——正赶去电影院看《安娜·克里斯蒂》里的葛丽泰·嘉宝[1]。而两名教士，一个身着内衣，在坐着读他的每日祈祷书，另一个套着长睡衣，正在念《玫瑰经》。所有斗牛士，除了生病那个，全都聚

1　Greta Garbo（1905—1990），好莱坞黄金时代的著名女演员。《安娜·克里斯蒂》拍摄于1930年，是她个人出演的第一部有声电影。

到了福尔诺斯咖啡馆，夜夜如此。大个头的黑发长矛手正在打台球，严肃的小个子剑刺手正和中年花镖手挤在一张桌上，面前是一杯牛奶咖啡，旁边还有几个一本正经的工人。

好酒的灰发长矛手也坐着，跟前摆着一杯卡扎拉斯白兰地，他正乐滋滋地看着另一张桌子，那里有两名剑刺手，一个是那早已没了勇气的胆小鬼，另一个也刚刚放下剑，重新当起了花镖手，他们身边坐着两个模样憔悴的妓女。

拍卖商站在街角和几个朋友说话。高个儿侍者在无政府工团主义集会上等待发言的时机。中年侍者坐在阿尔瓦雷斯咖啡馆的露台上喝一小杯啤酒。卢阿尔卡的老板娘已经上床睡觉，仰面躺着，枕头夹在两腿间——这是个胖女人，块头很大，诚实、干净、随和，非常虔诚，二十年来每天都为她死去的丈夫祷告，从没间断。生病的剑刺手一个人待在房里，脸朝下趴在床上，正拿手帕捂着嘴。

此时此刻，空荡荡的餐厅里，恩里克已经在餐巾上打好了最后一个结，举起了椅子，椅子腿上绑着刀。他把椅子举过头顶，绑着刀的椅子腿架在他的脑袋两侧，冲着正前方。

"这很重，"他说，"瞧，帕科。这很危险。咱们还是算了吧。"他开始冒汗了。

帕科面对他站着，抖开围裙，两手各捏住围裙的一角，拇指朝上，食指向下，展开它来吸引公牛的注意。

"直接冲过来吧，"他说，"就像一头真正的公牛那样。你愿意冲几次就冲几次。"

"你怎么知道什么时候停下来逗引呢？"恩里克问，"最好是每三次以后就插进一个衔接动作。"

"好的。"帕科说，"现在来吧。哈，torito[1]！来吧，小公牛！"

恩里克低下头，正对他冲上前来。帕科挥动围裙，恰恰掠过刀尖，它们就从他的小腹旁擦过。对他来说，这一切就是真的，真正的牛角，乌黑、光滑，角尖雪白，当恩里克跑过他身边，掉转头来继续冲刺时，就是一头血迹斑斑的怒牛正重重踏着地面跑过，现在它掉转身，像猫一样灵巧，再次对着他缓缓挥动的斗篷奔来。接着又是一次，公牛转身，冲过来，他紧盯着来势汹汹的刀尖，左脚踏前，可这次多了两英寸，他没能避过，刀子一下子插了进去，毫无阻滞，就像插进酒囊一样。滚烫的鲜血一下子喷出来，洒在冷硬的钢刀上。恩里克大叫起来，"哎呀！哎呀！等我把它拔出来！等我把它拔出来！"帕科向前倒向椅子，手里还抓着围裙斗篷，恩里克向外拽椅子时，刀就在他身体里，就在他帕科的身体里转动。

刀拔出来了，他跌坐在地板上，身下一片血泊，温热，越来越大。

"用餐巾按住。按住它！"恩里克说，"按紧。我这就去找医生。你千万要按住伤口，让它少出血。"

"应该准备个橡皮碗的。"帕科说。他在斗牛场里见过

---

1 西班牙语，即"小公牛"。

这东西。

"我直接冲过来了，"恩里克哭着说，"我只是想让你看看这有多危险。"

"别担心，"帕科说，他的声音听起来很远，"去找医生来吧。"

如果是在斗牛场上，他们会抬着你跑去手术室。要是大动脉破了，来不及进手术室，也会叫神父来。

"找个教士来。"帕科说。他把餐巾死死压在肚子上，还不敢相信自己会出这样的事。

但恩里克已经冲到了圣朱诺尼莫大街上，向通宵服务的急救站跑去。帕科孤零零一个人，一开头还能坐着，接着蜷了起来，终于，倒在了地板上，觉得他的生命正从身体里流走，就像脏水从拔掉塞子的水池里哗哗流走一样，直到结束。他害怕了，觉得头很晕，想要做一个忏悔祷告，他还记得开头："哦，我的上帝，我诚心忏悔，为一切违逆冒犯，你应享有我全部的爱，我决心……"他尽可能说得快一些，可还是来不及，他晕得厉害，趴在了地板上，很快，一切都结束了。大动脉一破，血流光的速度快得让人难以想象。

急救站的医生上楼来了，警察也在一起，抓着恩里克的胳膊。这时候，帕科的两个姐姐还在格兰大街的电影院里，正对嘉宝的电影大失所望，她们习惯了大明星周身珠光宝气的模样，可她在这部电影里却凄惨得很。观众一点儿也不喜欢这部电影，一直起哄、踩脚，表示抗议。公寓的其他人差不多都还做着自己的事，和出事前一样，只除了那两个教士和灰头发的长矛手，教士已经做完祷告，准备要睡觉了，长矛手端着酒挪到了那两个憔悴妓女的桌上，很快，就和其中一个一起走出了咖啡馆。之前，胆小鬼剑刺手也请她喝了酒。

男孩帕科永远不会知道这一切了，也不知道在第二天和未来其他日子里，所有这些人会做些什么。他们过得怎么样，结果会如何，他一无所知。他甚至没有意识到他们已经完了。他死了，就像西班牙谚语说的，带着满心幻想。活着时，他还来不及丢失幻想，甚至到了最后，都来不及完成一段痛悔短祷。也来不及对嘉宝的电影失望，它可是让整个马德里都失望了足足一个礼拜。

Indian Camp
印第安人营地

湖边，一艘小船靠了岸。两个印第安人正在那儿等着。

尼克和父亲坐进船尾，印第安人把船推离岸边，其中一个上来划船。乔治叔叔坐在营地的小船里。那名年轻的印第安人推动小船，也跳上去拿起桨。

两艘小船在黑暗中起航。迷雾中，尼克听见另一艘船桨划动的声音，在他们前面挺远的。印第安人一下一下划着桨，速度很快。尼克向后靠去，父亲一只胳膊搂着他。水面上很冷。印第安人很卖力地划船，但另一艘还是在雾中越走越远。

"爸爸，我们要去哪儿？"尼克问。

"那边的印第安人营地。有个印第安女人病得很重。"

"哦。"

穿过水湾，他们看见另一艘船已经靠了岸。乔治叔叔抽着雪茄，周围漆黑一片。年轻印第安人把船拖上岸。乔治叔叔拿雪茄分给两个印第安人。

他们从岸边向上走去，穿过一片草地，露水已经凝结起来，湿漉漉的。年轻印第安人走在最前面，拎着一盏提灯。他们进入树林，顺着小路向前，一直走到运送木材的大道上，大道折向山里。这里就亮堂多了，因为大道两边的树都被砍掉了。年轻印第安人停下来，吹灭了手里的灯，大家一起沿着大路走。

转过一个弯，一只狗冲出来汪汪吠叫。前方出现点点灯光，负责剥树皮的印第安人就住在那些棚屋里。更多狗跑出来冲向他们，又被两个印第安人赶回了棚屋。最靠近路边的棚屋窗户里亮着灯。一名老妇人站在门口，手里提着一盏灯。

屋子里，双层木头床上躺着一个年轻的印第安女人。她已经挣扎了两天，努力要把孩子生下来。营地里所有年长的女人都在帮她。男人们都出去了，跑得远远的，远离她的惨叫声，坐在黑暗的路边抽烟。尼克和两个印第安人刚刚跟在父亲和乔治叔叔身后走进棚屋，她就发出了一阵尖叫。她躺在下铺，身上盖着被子，肚子很大。头侧向一边。上铺躺着她的丈夫。三天前，他的斧子砍伤了自己的脚，伤得很重。他抽着烟斗。屋里味道很难闻。

尼克的父亲让他们在炉子上烧些水，他一边等水烧热，一边和尼克聊天。

"这位女士就要有个小宝宝了，尼克。"他说。

"我知道。"尼克说。

"你不明白，"他的父亲说，"听我说。她现在正在做的事情叫分娩。孩子想要出来，她也想把他生下来。她全身的肌肉都在用力，好让孩子出生。她每次大叫就是在用力。"

"我明白。"

就在这时，女人哭叫起来。

"哦，爸爸，你不能想想办法让她别叫了吗？"尼克问。

"不行，我没有麻醉剂。"他的父亲说，"而且她叫不叫并不重要。它们不是重点，我不必关注它们。"

上铺的丈夫翻了个身，转向墙壁。

厨房里的女人示意医生，水已经热了。尼克的父亲走进厨房，拎起大水壶，倒了差不多一半的水在盆里。然后打开一个手帕包，拿出几样东西放进壶里剩下的水中。

"这些都得烧开。"接着他就用一块肥皂在热水盆里洗起手来，肥皂是从营地带来的。尼克看到，他父亲双手交替拿着肥皂，相互擦洗。他一边非常认真彻底地洗手，一边说话。

"你瞧，尼克，正常来说，婴儿是头先出来，但有时候却不是。如果不是头先出来，那婴儿和妈妈就都有大麻烦了。说不定我还得为这位女士动个手术。我们马上就能知道了。"

等到觉得双手已经洗得够干净，他走进房间，开始工作。

"乔治，把被子拉开好吗？"他说，"我最好不要碰到。"

在他开始手术时，乔治叔叔和三个印第安男人紧紧压住那妇人，不让她动。她一口咬在乔治叔叔的胳膊上。乔治叔叔说："该死的母狗！"为乔治叔叔划船的年轻印第安人冲着他笑了起来。尼克帮他父亲端着盆子。手术做了很久。最后，他的父亲拎起孩子，拍了一巴掌，等到他开始呼吸，才把孩子递给了老妇人。

"瞧，尼克，是个男孩。"他说，"当个实习医生的感觉怎么样？"

尼克说："还好。"他望向别处，不去看父亲在做什么。

"好了。这就行了。"父亲说着把什么东西放进了盆子。

尼克没有看。

"现在，"他的父亲说，"我要帮她缝上几针。尼克，你看不看都行，随你高兴。我要把手术切开的伤口缝起来。"

尼克没有看。他的好奇心早就消失了。

父亲完成了工作，站起身来。乔治叔叔和三个印第安男人也站了起来。尼克把盆子拿出去，放进厨房里。

乔治叔叔看了看自己的胳膊。年轻印第安人想到刚才的情形，又笑了起来。

"我帮你涂点儿双氧水，乔治。"医生说。他俯身去看那印第安妇人。现在，她很安静，眼睛闭着，看起来非常虚弱。她不知道孩子怎么样，什么都不知道。

"我上午再来一趟。"医生直起身子，"从圣伊尼亚斯[1]来的护士中午前就该到了，她会把我们需要的东西都带来的。"

他感觉很兴奋，像赛后更衣室里的橄榄球运动员一样。

"这都够上医学期刊的了，乔治。"他说，"拿着一把折叠刀做剖腹产手术，再用九英尺长的鱼肠线缝起来。"

乔治叔叔靠墙站着，看着他的胳膊。

"嗯，你是个了不起的家伙，是啊。"他说。

---

1 美国地名，位于密歇根州。

"该看看这位骄傲的父亲了。在这些小麻烦上，他们常常都是最难熬的。"医生说，"我不得不说，他真的是挺沉得住气的。"

他把毯子从那印第安人的头上掀开。他的手湿了。他一手举着灯，站在下铺边上探头看过去。那印第安人脸冲墙躺着，喉咙被割开了，伤口拉过整个脖子的前半圈。血汪成了一摊，他的身体就泡在血泊里，头枕着左臂。一把剃刀打开着，刀锋向上，横在毯子上。

"乔治，把尼克带出去。"医生说。

没必要了。尼克就站在厨房门边，当他父亲一手举着灯，把印第安人的脑袋轻轻拨过来时，已经看到了上铺的情形，清清楚楚。

他们顺着运木材的大路向湖边走去时，天才刚开始亮起来。

"尼基[1]，我很抱歉，不该带你来的。"他的父亲说，手术后的那些兴奋统统不见了。"让你经历这些真是太糟糕了。"

"女人生孩子都这么难吗？"尼克问。

"不，这是非常非常少见的。"

"爸爸，为什么他要自杀？"

"我不知道，尼克。我猜，他是受不了了。"

---

1 尼克的昵称。

"爸爸，有很多男人自杀吗？"

"不太多，尼克。"

"女人呢？"

"几乎没有。"

"可还是有的？"

"噢，是的。有时候她们也会自杀。"

"爸爸？"

"嗯。"

"乔治叔叔到哪儿去了？"

"他一会儿就来，没事的。"

"爸爸，死很难吗？"

"不，尼克。我想很容易。得看情况。"

他们上了小船，尼克坐在船尾，他的父亲划桨。太阳已经从山后升了起来。一条鲈鱼跃起来，在水面荡起一圈涟漪。尼克把手伸进水里。清晨寒意凛冽，可水里是暖的。

在清晨的湖面上，安坐船尾，父亲划着小船，他十分确定，自己一定不会死。

The Revolutionist

革命党人

1919年，他在意大利乘火车旅行，随身带着一块从党总部拿来的方形油布，上面用保迹铅笔[1]写着：这名同志曾在布达佩斯的白色统治下饱受折磨，请其他同志尽可能给予帮助。他用这个拿到了一张车票。这是个安静的年轻人，非常害羞，列车员都相互叮嘱，要照应他。他没钱，他们就让他在铁路食堂的柜台里面吃饭。

　　他很喜欢意大利。这真是个漂亮的国家，他说。人们都很和气。他到过许多城镇，走过很多路，看过许多名画。还买了乔托、马萨乔和皮耶罗·弗兰西斯卡[2]的临摹画，把它们夹在杂志《前进》中。倒是不喜欢曼特尼亚。

　　他在博洛尼亚报到。我把他带去了罗马涅[3]，因为我得去见一个人。我们度过了一段愉快的旅程。那会儿还是9月初，乡间舒适宜人。他是马扎尔人[4]，是个非常善良的男孩，很羞

1　一种特制的铅笔，笔迹无法擦除。

2　乔托（Giotto）、马萨乔（Masaccio）、皮耶罗·弗兰西斯卡（Piero della Francesca）和下文的曼特尼亚（Mantegna）都是意大利文艺复兴时期的画家。

3　博洛尼亚，意大利城市，位于大都会区中心。罗马涅是意大利北部地区。

4　马扎尔（Magyar）指的是说匈牙利语或匈牙利民族的人，据推测，这种说法源自匈牙利最大的民族 Megyer。

涩，霍尔蒂[1]的人对他做了些很糟的事。可他不太说起。除了匈牙利，在他眼里，全世界的革命都大有可为。

"不过，意大利的情形究竟怎么样？"他问。

"糟透了。"我说。

"但会好起来的，"他说，"你们这里什么都有。人人都觉得应该是从这个国家开始。这里会成为一切的起点。"

我什么也没说。

他后来在博洛尼亚和我们告别，计划搭火车去米兰，再转道从奥斯塔[2]徒步翻过山隘，进入瑞士。我跟他提起米兰那些曼特尼亚的画。"不了。"他说，腼腆极了。他不喜欢曼特尼亚。我帮他写下在米兰吃饭的地方，还有同志们的地址。他很感激，可还是一门心思要去走山隘。趁着天气还好，他已经等不及要去徒步翻越山隘了。他热爱秋天的群山。关于他，我最后听到的消息是，他被瑞士人抓住了，关在锡永附近的监狱里。

---

1 霍尔蒂（Horthy, 1868—1957），匈牙利海军上将、政治家，一战和二战期间曾担任匈牙利王国的摄政王。
2 意大利西北部城市，通往法国和瑞士的交通枢纽地。

Big Two-Hearted River: Part I

大双心河（Ⅰ）

火车沿着轨道继续向前，绕过其中一座被火烧过的焦黑山丘，消失不见。尼克在帆布铺盖包上坐下，列车行李员刚刚把它们从行李车上扔出来。小镇不见了，除了铁路和满目焦土的田野，什么都没有。曾经在塞内[1]街边一字排开的十三家酒吧，如今一丝痕迹也没留下。大厦旅馆的地基竖在地面上，石头都被烧得开裂。整个塞内镇就剩下这些。连地皮都被烧掉了一层。

　　尼克瞭了一眼烧焦的绵延山坡，他原本指望在那里找到些镇上的零散房子。随即便转过头，顺着铁路下山，去找河上的桥。河还在。河水绕着桥桩打转。尼克低下头，水很清，河床上的鹅卵石把河水映成了褐色，鳟鱼在涌流里摆动着鱼鳍，努力稳住身子。他看着它们灵敏地调整角度和姿势，又在急流中稳了下来。尼克看了很久。

　　他看见它们把鼻子探进涌流，控制着平衡。许多鳟鱼都待在湍急的深水里，透过凸镜般的潭面远远看去，有些变形。桥桩阻挡着流水，水面平滑隆起，又向前流去。潭底藏着大鳟

1　美国小镇，位于密歇根州。

鱼，一开始尼克没看到。后来才在水潭底发现了它们，喷涌的水流搅起一片沙石迷雾，大鳟鱼小心地控制自己，好待在砾石潭底。

尼克站在桥上，低头望进水潭里。天气很热。一只翠鸟向河流上游飞去。尼克已经很久没有仔细观察过河流，也没有看到过鳟鱼了。它们都很好。翠鸟的身影掠过河面，一条大鳟鱼突然逆流斜冲而起，只有影子拉出了长长的角度，当它跃出水面，阳光洒在身上，影子不见了。很快，它落回到水里，身影再次出现，一动不动的，顺水漂向下游，回到它桥下的老位置，之前它就守在那里，面对着涌流，蓄势待发。

鳟鱼一动，尼克的心就揪了起来。过去的感觉全回来了。

他转身望着小河。河流蜿蜒伸向远处，鹅卵石水底的浅滩和大石都清晰可见，河水绕过崖脚的地方有一个深水潭。

尼克踩着枕木往回走，他的包还扔在铁路边的煤渣路上。他很开心。调整了一下包裹的束绳，抽紧带子，他把背包甩到肩上，双臂穿过背带，宽勒带套在前额上，分担了些肩头的分量。可还是很重。尼克抓起他的皮钓竿套，身体前倾，确保背包的分量都压在肩膀上，沿着铁路旁的平行道路离开，将热浪下那烧毁的小镇抛在身后。道路两边的大山全都焦痕累累。他绕过一个山丘，转到通往乡村的路上，顺着道路往前走，感受着沉重背包勒出的疼痛。路很陡。爬山很艰难。天气很热。他的肌肉很疼，可心情很好。尼克觉得已经把一切都抛在了脑后，不用思考，不用写作，什么都不用做。全都抛下了。

从下了火车，行李员把他的背包从打开的车门里扔出来开始，事情就变了。塞内烧毁了，山野烧光了，面目全非，可这不要紧。不可能全烧光的，他很清楚。徒步走在路上，他被晒得直冒汗，正要去翻越铁路和松原之间的那道山梁。

山路一路向上，偶尔下个小坡。尼克一直往上爬。顺着烧焦的山坡走了好一阵，终于登上了山顶。靠着树桩，尼克卸下背包。他面前就是那片松原，一直延伸到目光的尽头。焦土和山丘一道被留在了身后。前方是一片片黑松林，岛屿般耸立在平原上。远远望向左边，还能看到那条长河。尼克的眼睛追随着河流，看见了太阳下水波的闪光。

前方只有松原，别的什么也没有，只除了天际线上黛青的山丘，苏必利尔湖就在那里的分水岭上。他几乎看不见它们，太远了，平原上的灼烈光线也晃得人发晕。如果死死盯着，就什么也看不见。倒是偶尔一瞥时，能看到那些遥远的分水岭山脉，让你知道，它们就在那里。

尼克坐下来，背靠着烧焦的树桩，点起一支香烟。背包稳稳立在树桩上，肩带张开，包上印出了他后背的轮廓。抽着烟，坐着，尼克的目光越过田野，投向远方。不需要拿出地图来。只要看看河流走向，他就知道自己在什么地方。

指间夹着香烟，双腿向前伸展开，他留意到，一只蚱蜢从地上爬过来，跳到了他的羊毛短袜上。这蚱蜢是黑色的。他一路走来，爬山时也从灰土里惊起了不少蚱蜢，全都是黑色的。不是那种长着黑鞘翅，可飞起来翅膀一张就显出黑黄或红黑色的大蚱蜢。就只是普通的蚱蜢，却全都是灰蒙蒙的黑色。赶路时尼克已经觉得奇怪了，不过没往心里去。这会儿，这只黑蚱蜢正张开四瓣嘴啃他袜子上的羊毛，看着它，他意识到，就是因为生活在这片焦土上，它们才成了这副模样。这下看出来了，大火一定是头一年发生的，如今这些蚱蜢才会全都变成了黑色。他想知道，它们这个样子会保持多久。

他小心地伸出手，捏住那只蚱蜢的翅膀。蚱蜢被翻过来，脚在空中乱蹬，他看向它那一节一节的肚子。果然，也是黑色的，泛着彩虹光泽，不像脑袋和背上那样灰蒙蒙的。

"去吧，蚱蜢。"尼克说，这是他第一次大声说出话来，"飞走吧。"

他把蚱蜢抛向空中，眼看它飞到路对面的一个焦树桩上。

尼克站起身，微微后仰，去够稳稳立在树桩上的背包，双手伸进肩带。他背起包站在山梁上，看着远处田野那头的河流，离开山路，动身向山下走去。地面很好走。两百码后，防火隔离带到头了。穿过一片脚踝高矮的甜蕨，经过丛丛矮松，接下来是一大片波浪般起伏的原野，脚下变成了沙地，田野再次充满生机。

尼克根据太阳来判断方向。很清楚什么时候该转到河边去。他继续穿行在松原上，登上缓坡，看见前方还有高地隆起，有时，从山顶上望去，浓密的松林就在左手或右手边，触手可及。他折下几片石南模样的甜蕨，插进背包带里。摩擦将它们碾碎，他一路走，一路闻着这味道。

行走在高低起伏的松原上，无遮无挡，他累了，热得要命。他知道自己随时都可以到河边去，只要左转就行。路程不会超过一英里。但他还是继续往北，朝河流的上游走，一天时间，他想尽可能走得远一些。

半路上，有一阵子，尼克能看到一大片松林，就在他正穿行着的绵延高地上。他往下走了一小段，又慢慢爬到中间的高坡顶上，转身走向松林。

这片松林里没有矮灌木。树木只管朝上长，也会相互倾斜。树干笔直，是棕褐色的，没有分叉。枝丫都在高处。有的交错着，在森林的褐色地面上投下浓黑的影子。树林周边有一圈空地。地面也是棕褐色，尼克走在上面，脚下很柔软。那是松针，铺了厚厚一层，比树冠的面积还大。树长高了，枝丫也越来越高，曾经树荫遮蔽的空地如今被留给了太阳。林地边界分明，外围生长着甜蕨。

尼克卸下背包，躺倒在阴凉地里。他仰面望着头顶的松树，舒展身体，放松脖子、后背和腰。大地撑住背脊的感觉很好。透过枝丫，他看向天空，闭上了双眼。不一会儿，又睁眼看去。高高的树冠顶上有风吹过。再次合上眼睛，他睡着了。

醒来时，尼克觉得全身僵硬发麻。太阳已经差不多落山了。他的背包很重，上肩时肩带勒得很疼。他背好背包，弯腰捡起皮钓竿包，离开松林，穿过甜蕨地，向河边走去。他知道，不会超过一英里远。

他走下遍布树桩的山坡，来到草地上。河水在草地边流淌。看到河，尼克很高兴。他穿过草地往上游走，露水打湿了他的裤子。炎热的白天过后，露水凝得又快又多。河水静悄悄的，流得太快了，一点阻碍也没有。爬上一块高地扎营之前，尼克站在草地边朝下游望去，看见鳟鱼从河里浮上来，它们是到水面来准备吃虫子的。太阳落山时，河对面的沼泽地里会飞来许多昆虫，鳟鱼总是跃出水面捕食它们。当尼克顺着河流的方向走过一小块草地时，鳟鱼高高跃出水面。他又看向河里，飞虫这时候一定都落在了水面上，因为鳟鱼全都涌向下游，不停捕食。河面上，但凡他看得到的地方，鳟鱼都浮了上来，荡起点点涟漪，像突然下雨了一样。

地势渐渐抬高，地面多沙，长满了草木。向下可以看到草地、蜿蜒的河流，还有那片沼泽。尼克扔下背包和钓竿包，寻找一块平坦的地面。他很饿，但还是想先扎营再做饭。两棵矮松间有块平地，相当平坦。他从背包里抽出斧子，砍掉两条突起的树根。这样就有足够睡觉的地方了。他用手平整着沙土，连根拔掉甜蕨。甜蕨的味道沾在手上，很好闻。他抚平蕨根留下的坑洼，不希望毯子下有任何东西硌着自己。地面平整好以后，他展开他的三条毯子。一条对折，直接铺在地上，另外两条铺在上面。

拿起斧子，他从树桩上砍下一块松木，劈成木钉，用来搭帐篷。但愿它们够长，够结实，可以把帐篷牢牢固定在地面上。帐篷被展开来，摊在地上。没了帐篷的背包歪倒在一棵矮松下，看起来个头小了不少。尼克拿出一根绳子当横梁，把它穿过帐篷，一头绑在一棵松树上，提起帐篷，拽着另一头绑在另一棵松树上。帐篷挂在绳子上，活像一块挂在晾衣绳上的帆布毯子。尼克砍了根树干当顶梁柱，柱子支在帆布下面，固定好四边，帐篷就搭好了。他向外拉紧帆布边，用木钉固定住，抡起斧头背把木钉砸进地面，直到绳圈都陷了进去，篷布绷紧。

在帐篷入口，尼克挂了一幅粗棉纱布，用来防蚊。他在背包里拿了些东西，从防蚊帘底下钻进帐篷，放在床头边，床头就贴着倾斜的帐篷布。光线透过棕色帆布照进帐篷里。帆布的味道很好闻。有几分奇妙的感觉，像家一样。钻进帐篷时，尼克很高兴。这一整天他就没有不高兴过。但这不一样，现在事情都做完了。这事儿是一定要做的，现在完成了。这一路很辛苦，他累坏了，可完成了。他扎下营了，安顿好了，没什么能伤害他。这是个扎营的好地方。他在这里，在这个好地方，在自己亲手搭建的家里。现在，他饿了。

从防蚊帘下爬出来，外面已经很黑了。帐篷里反倒亮些。

尼克走到背包旁，背包底部放着一个装钉子的纸袋，他从里面摸出一根长钉。拈住钉子，用斧头背轻轻敲打，把它钉在松树上。然后把背包挂在钉子上。他所有的家什都在背包里。现在它们远离地面，很安全。

尼克饿了，他确信自己从没这么饿过。他打开一罐猪肉豆子罐头、一筒意大利面，统统倒进平底锅里。

"既然我愿意把这些东西背来，就有权吃掉它。"尼克说。渐渐暗下来的树林里，他的声音听起来有些古怪。他便没再开口说话。

他操起斧头，从树桩上砍下些松木片，生了一堆火。铁网架支在火上，四个支脚都被踩进地里。尼克把平底锅放在铁网架上，就在火焰正上方。他觉得更饿了。豆子和意大利面都热了，尼克搅了搅，把它们拌匀。锅里开始沸腾，小气泡冒上来，很香。尼克拿出一瓶番茄酱，切了四片面包。小气泡鼓得更快了。尼克靠着火边坐下，端下平底锅。他把大约一半的食物倒进马口铁盘子里，看着它们在盘子上慢慢摊开。尼克知道，现在太烫了。他倒了些番茄酱，但豆子和意大利面还是太烫了。他注视着火堆，又盯着帐篷看了会儿，他可不想烫着舌头败了兴。这么多年来，他从没能好好享受炸香蕉的美味，就是因为总等不及让它们凉下来，他的舌头很敏感。他饿极了。天几乎全黑了，河对岸的沼泽地里升起一片薄雾。再看了一眼帐篷，差不多了。他拿起勺子，从盘子里舀起满满一勺。

"基督啊，"尼克说，"耶稣基督啊。"他高兴地感叹。

直到整盘食物都吃干净了，他才想起还有面包。就着面包，尼克又吃掉了第二盘，连盘子都被擦得锃亮。自从在圣伊尼亚斯的车站餐厅里喝了杯咖啡，吃了个火腿三明治后，他就什么都没吃过。这感觉非常棒。他以前也有过这么饿的时候，但从没能这么满足。愿意的话，他大可以早几个小时就安营扎寨，河边有许多适合搭帐篷的好地方。但现在这样才好。

尼克往铁网架下塞了两大块松木，火苗暴涨。忘了打些水来煮咖啡了。他从背包里拿出一个折叠帆布水桶，下了坡，走过草地边缘，来到小河边。河对岸笼罩在白色雾气里。当他跪在岸边，把帆布水桶探进水里时，能感觉到草又湿又冷，水也是冰冷的。尼克洗了洗水桶，拎了满满一桶水回到帐篷边。打上来之后，水倒是没那么冷。

他又钉上一根长钉，把满满的水桶挂起来。这才拿咖啡壶舀了半壶水，又往火堆里添了些小块的柴火，才把壶放到铁网架上。他忘记该怎样煮咖啡了，只记得曾经跟霍普金斯争论过一次，却忘了自己当时的观点。他决定直接煮开。这一下倒是想起来了，这是霍普金斯的做法。有那么一阵子，不管什么，他和霍普金斯都要争辩一番。等待咖啡煮开的空当里，他开了一小罐杏脯。他喜欢开罐头。把杏脯全都倒进一个马口铁杯子里，他一边看着火上的咖啡，一边喝罐头水。刚开始很小心，生怕漏了，喝完便开始若有所思地吮着杏子，把它们吞下肚去。这比新鲜杏子还好吃。

看着看着，咖啡煮开了。壶盖顶起，咖啡和咖啡渣一起溢出来，顺着壶身往下淌。尼克把壶端下来。霍普金斯赢了。他在先前装杏脯的空杯子里放了些糖，倒了些咖啡出来晾着。咖啡壶太烫了，不好倒，他拿帽子垫着把手。绝不能让咖啡就这样泡在壶里，至少第一杯不行。应该完全按照霍普金斯的办法来做，这是霍普[1]应得的。他是个非常讲究的咖啡客，是尼

---

1 霍普金斯的昵称。

克认识的人里最讲究的一个。喝得不多，却很讲究。那是很久以前的事了。霍普金斯说话时嘴几乎不动。他玩马球。在得克萨斯赚了百万身家。当收到电报，得知他的第一口大油井出油时，他是借钱赶去的芝加哥。本来可以打电报去要钱的，可那太慢了。他们管霍普的女朋友叫"金发维纳斯"，霍普并不在意，因为她不是他真正的女朋友。霍普金斯曾十分笃定地说过，没人能拿他真正的女朋友开玩笑。他是对的。电报来时，霍普金斯正好不在。那是在黑河，八天后电报才到他手里。霍普金斯把他点22口径的柯尔特式自动手枪送给了尼克，相机送给了比尔，以此作为留念。他们打算第二年夏天再一起去钓鱼。这瘾君子[1]有钱了。他要买艘游艇，大家一起，沿着苏必利尔湖北岸航行。他很兴奋，很认真地在计划。他们相互道别，心里都不是滋味儿。这趟旅行也被打断了。从此再也没有见过霍普金斯。那是很久以前在黑河边的事情了。

　　尼克喝着咖啡，按照霍普金斯的方法煮的咖啡。咖啡很苦。尼克笑了起来。这故事有了个好结尾。他的脑子开始转起来了。他知道他可以停下来，因为他太累了。滗干壶里的咖啡，他把咖啡渣抖进火里。点起一支烟，钻进了帐篷。他脱掉鞋子和长裤，坐在毯子上，把鞋子卷在裤子里做成枕头，躺进毯子里。

1　海明威在这里玩了个文字游戏，把 hophead（瘾君子）拆写成 Hop Head，模仿人名的样式，谐霍普（Hop）的名字。

夜风吹过时，他能透过帐篷看到前方火堆的热气。沼泽地一片寂静。尼克在毯子下惬意地舒展开身体。一只蚊子在他耳边嗡嗡飞着。尼克坐起来，擦亮一根火柴。蚊子停在帆布上，就在他的头顶。尼克飞快地把火柴凑过去。蚊子在火焰下化作了令人满意的一声"嗞"响。火柴灭了。尼克重新躺下，盖上毯子。翻了个身，闭上眼睛。他困了，睡意袭来。毯子里，尼克蜷起身子，睡着了。

Big Two-Hearted River: Part II

大双心河（Ⅱ）

早晨，太阳升起来，帐篷里开始热了。尼克从帐篷口挂着的蚊帐下钻出来，想看看清晨的景象。出来时，草沾湿了他的双手。他把裤子和鞋都拎在手里。太阳刚刚爬上山头，面前是草地、河流和沼泽，河对岸的绿色沼泽里生长着桦树。

清晨的河水匆匆流淌，很清洌。下游大约两百码外，三根木头横跨在小河上。它们截住流水，在上游形成了一片平缓的深水潭。就在尼克看着的当口，一只水貂踩着木头跑过河去，钻进了沼泽地里。尼克兴奋起来。为清晨和这小河而兴奋。他几乎顾不上吃早餐，但却知道必须得吃。他点起一小堆火，把咖啡壶架在上面。

趁壶里烧着水，他拿起一个空瓶子，跨过高地边缘，来到草地上。草地上满是露水，湿漉漉的。尼克想赶在晨露被太阳晒干前抓些蚱蜢，用来当鱼饵。他找到了很多合适的蚱蜢。它们大都待在草根上，也有趴在草茎上的。它们身上都沾满了露水，又湿又冷，要等到太阳升起，暖和过来，才能跳得动。尼克只选中等大小的棕色蚱蜢，拾起它们，塞进瓶子里。他翻开一根木头，单一侧下面就藏着好几百只蚱蜢。这是个蚱蜢窝。尼克捡了差不多五十只中等个头的棕色蚱蜢，都装在瓶子里。他一边捡着，一边已经有蚱蜢在阳光里暖了过来，纷纷跳开。它们连跳带飞。刚开始还很僵硬，飞一小段就直挺挺地落下来，像是死掉了似的。

尼克知道，等他吃完早饭，蚱蜢就会像平常一样活蹦乱跳了。若是草上没有了露水，他就得花上一整天时间，才能抓满一瓶不错的蚱蜢，还不得不用他的帽子去扑它们，一定会打死很多。他在河里洗手。靠近河边让他很兴奋。洗好手，他往上走向帐篷。蚱蜢已经全都开始在草地上生硬地蹦来蹦去。瓶子里，被太阳晒热了的蚱蜢也跳了起来，乱成一团。尼克用一截松枝当瓶塞。松枝刚好塞住瓶口，蚱蜢跳不出来，又留出了足够的通气孔。

他刚才把那根木头翻了回去，心里清楚，每天早晨他都能在那里找到蚱蜢。

尼克把瓶子靠在一个松树桩上，里面装满了鲜活的蚱蜢。他迅速在荞麦粉里加了点水，搅匀。一杯水，一杯面粉。又抓了一把咖啡放进壶里，从听子里挖出块黄油放在平底锅上，锅已经热了，黄油刺啦响着，滑来滑去。锅里冒起烟，他熟练地把荞麦糊倒进锅里。面糊摊开来，像流淌的岩浆，油炸得更厉害了。荞麦饼的边缘开始凝固，变黄，变脆。饼面上轻轻鼓出些气泡，留下一个个气孔。尼克用一块干净松木片插进烤黄的饼底下面，左右晃晃锅，饼就从锅面上滑开来。我可不想因为颠锅就搞砸了，他心想。他把那块干净木片整个插到饼底，给饼翻了个面。锅里重新响起噼里啪啦的声音。

这块烤好以后，尼克在锅里加了些油。另外烙了两张饼，一张大些，一张小些，用光了所有的面糊。

就着苹果酱，尼克吃掉了一块大的饼和一块小些的。又在第三块饼上涂好苹果酱，对折两次，用油纸包好，放进衬衣口袋里。他把苹果酱瓶子塞回背包，另外切了点儿面包片，够做两个三明治的。

他从背包里翻出一颗大洋葱，一切两半，剥掉绸子般的外皮。将半个洋葱切片，做了洋葱三明治。照样用油纸包好，放进卡其衬衫的另一个口袋里，扣上扣子。之后，他把煎锅翻过来，倒扣在铁网架上，开始喝咖啡。咖啡里加了炼乳，变成黄褐色，更甜了。他收拾着营地。这是个不错的营地。

尼克从皮钓竿套里取出他的飞蝇钓竿，接好，再把钓竿套子塞回帐篷里。他装上卷轮，把渔线穿过线环。装线时，不得不两手交替抓住渔线，否则它就会因为自重滑脱回去。这是根双股飞钓线，很有分量。是尼克很久以前花八块钱买下来的。之所以这么重，是为了让它收回时可以在空中向后扬起，甩出时又能朝前稳稳送出，只有这样，才可能将几乎没什么分量的假蝇钓饵投出去[1]。尼克打开装脑线[2]的铝盒，脑线盘卷着，

---

1 飞蝇钓鱼和传统钓鱼法不同。钓鱼者站在水中，利用渔线的重量将羽毛等制成的假蝇钓饵来回甩动，模仿水面飞行的飞虫落水的情形，吸引溪流湖泊中的凶猛掠食性鱼类吞食。通常，飞蝇钓的目的不在于渔获多少，而更注重飞钓的技术、过程和休闲性。

2 连接主线和鱼钩的短渔线，通常较细。

躺在法兰绒垫子间。垫子还是湿的。之前在到圣伊尼亚斯的火车上时，尼克从饮水机里接了些水滴在上面。潮湿的垫子能够让羊肠线保持柔软。尼克展开一根脑线，一端接在沉重的飞钓线上，打了个结。另一端绑上鱼钩。这是个小钩子，很细，很有韧劲。

尼克盘腿坐着，把钓竿横在腿上，从钓钩匣子里选出了这个鱼钩。他拉紧钓绳，试试鱼竿的韧性，看看绳结够不够结实。感觉还不错。他很小心，不让鱼钩扎到手指。

他起身向小河走去，手里拿着钓竿，一根皮带拦腰绑住装蚱蜢的瓶子，吊在他的脖子上。抄网用个钩子挂在腰带上。一条长长的面口袋披在肩上，每个角都打上了结。绳子绕过肩膀，口袋拍打着他的腿。

这全身的披挂让尼克觉得有些别扭，但能这么专业，他也很高兴。蚱蜢瓶在他胸前晃荡。胸口的衬衫口袋鼓起，里面装着他的午餐和钓钩匣子。

他踏进河里，打了个激灵。裤子紧紧贴在他的腿上，隔着鞋底也能感觉到河底的碎石。河水冰冷，激得他一连打了好几个冷战。

水流很急，绕着他的腿打旋儿。刚下水，河面就已经没过了膝盖。他顺水走，碎石在鞋底下滑动。低下头，他看了眼腿边的水涡，一条腿旁边有一个，然后斜过瓶子取蚱蜢。

头一只蚱蜢一下子跳到瓶口，掉进了水里，被尼克右腿边的漩涡吸了下去，很快在下游一点的地方浮上来。它漂得很快，蹬着腿。水面突然荡起一圈波纹，它消失了。一条鳟鱼捉住了它。

另一只蚱蜢从瓶口探出头。它挥动着触须，前腿已经伸出瓶口准备跳了。尼克抓住它的头，把钓钩从蚱蜢下颌戳进去，穿过胸腔，伸到它腹部的最后一节。蚱蜢前腿抱住钩子，把烟色唾液吐在上面。尼克把它抛进水里。

右手握着钓竿，他顺着水流里蚱蜢扯动的方向放线。左手把渔线从卷轮上往外拉，好让它顺顺当当地放出去。他能看见细小水波里的蚱蜢，转眼就不见了。

线上传来一股拉力。尼克拉动绷紧的渔线。这是他的第一击。鱼竿横过水流，抖动起来，他握紧鱼竿，左手往回带渔线。鳟鱼挣扎着往上游游动，竿身被拉得弯起。尼克知道，这是个小家伙。他径直把鱼竿挑向半空。鱼竿被拽成了弓形。

他看见鳟鱼在水里拼命甩头扭身，抗拒横穿水流的渔线的拉扯。

它还在竭力拍打着水流，尼克左手抓住渔线，把它拖到面前，拉上水面。它背上有清晰的斑点，就像水下碎石的颜色，侧腹在阳光下闪着光。尼克把钓竿夹在右胳膊下，弯下腰，把右手伸进水里。当他用打湿的右手抓住鳟鱼，从它嘴里摘下鱼钩时，它还在一刻不停地扭动。尼克把它放回了河里。

它随着水流摇摇摆摆地漂了会儿，在河底一块石头旁安静下来。尼克伸手下去碰它，水一直没到了肘弯。鳟鱼在水流里一动不动，歇在碎石上，靠着一块大石头。手指一碰，它就游走了，躲进了河底另一边的阴影里。在水下时，它摸上去感觉又凉、又滑。

它没问题的，尼克心想。它只是累了。

他特意先浸湿手再去抓鳟鱼，这样就不会破坏鱼身上那层薄薄的黏液。如果鳟鱼被干燥的手碰过，失去黏液保护的皮肤就会感染上一种白色真菌。许多年前，他也曾经在拥挤的溪流里钓鱼，身前身后都是飞钓者。他不止一次看到死去的鳟鱼，被水冲到岩石边，或是翻着肚子漂在水塘里。尼克不喜欢和其他人一块儿挤在河里钓鱼。除非本来就是同伴，否则那些人总会扫兴。

他蹚着过膝的水向下游走去，穿过五十码的浅水区。横过小河的那堆树干还在下面。他没有再装鱼饵，只是把瓶子抓在手里，继续跋涉。在这片浅水区里能钓到小鳟鱼，但这不是他想要的。在这个时间，浅水区里是不会有大鱼的。

水突然变深，没到了他的大腿，冰冷刺骨。前面就是树干拦出的大片水域。水面平滑、幽暗。左手边，是草坡的低处，右边是沼泽地。

尼克站在流水里，身子微微后仰，从瓶里拿出了一只蚱蜢。他把蚱蜢穿在钓钩上，往上吐了口唾沫，祈祷有好运气。接着，从卷轮里拽了好几码的线出来，向前一甩，把蚱蜢投进了湍急发暗的水里。蚱蜢向木头漂去，很快，渔线的重量就把诱饵坠到了水面下。尼克右手握着鱼竿，让线从他的指缝间滑出去。

渔线被拽出一大截。尼克往回拉了一下，钓竿猛地抖动起来，几乎弯成对折，非常危险，渔线也绷起，弹出水面，拉得紧紧的，被猛力拉着，沉重、危险。那一刻，尼克怀疑再紧一点儿脑线就要断了，便放开了渔线。

渔线被飞快拉出，卷轮的棘齿发出吱吱呀呀的声音。太快了。尼克没有办法控制住它，线跑得太快，卷轮的声音也越来越尖厉。

当卷轮芯露出来时，尼克紧张得心跳都要停了，冰冷的流水冲刷着他的大腿，他身体后仰，保持平衡，左手大拇指紧紧压住卷轴。把拇指伸进卷轮里，这举动实在是有点蠢。

就在他用力按下时，渔线猛然绷得梆硬，树干后面，一条巨大的鳟鱼高高跃出水面。见它跳起，尼克赶紧压低钓竿头，试图缓解些压力，就在那一瞬间，他感觉到，压力太大了，线绷得太紧了。自然，脑线断了。他的感觉没错。渔线失去弹性，变得干涩僵硬。接着就松了下来。

尼克卷着渔线，嘴里发干，心情很低落。他还从没见过这么大的鳟鱼。跃起时如此沉重，力气大到根本拽不住，块头那么大，看起来都快赶上大马哈鱼了。

尼克的手在发抖。他慢慢地卷渔线。刚才太紧张了。他隐约觉得有些恶心，也许坐下来会好一点。

脑线是从系钓钩的地方断开的。尼克把它握在手里。他想着，那条鳟鱼正待在河底的某个地方，静静趴在碎石床上，远离光亮，躲在木头下面，下巴里还嵌着那个钓钩。尼克知道，鳟鱼的牙齿可以咬断系钩线。可钓钩还会嵌在它的下巴里。他敢打赌，那鳟鱼一定气坏了。任何这样的大家伙都会生气的。而这是一条鳟鱼。它曾经被牢牢钓住。像磐石一样牢。脱钩之前，它给人的感觉也像是一块岩石。天哪，那可是个大家伙。天哪，比我听说过的任何一条鳟鱼都大。

尼克上了岸，站在草地上，水顺着长裤流淌，从鞋子里漫出来，鞋子叽咕作响。他走到木头边坐下。可不想再刺激自己的情绪了。

他把脚尖探进水里，连同鞋子一起，动了动脚趾，从胸前的口袋里掏出一支烟。点燃香烟，他把火柴扔进木头下的急流里。火柴在湍急的水流里打着转，一条很小的鳟鱼冲着它蹿上来。尼克笑了起来。他要抽完这支烟。

坐在树干上，抽着烟，晒着太阳，太阳把他的背烤得暖暖的。河流在前方变浅，一直延伸到树林，河水曲曲折折，流进林间。水很浅，闪着波光，岩石被水冲得光滑圆润，岸边长着雪松和白桦树。树干被太阳晒热了，没有树皮，光溜溜的，很好坐，摸上去有种古老的感觉。之前的兴奋让他肩膀疼痛不已，过后猛然袭来的失望感开始渐渐褪去。现在没事了。尼克的钓竿就放在树干上，他在脑线上系上一个新钓钩，用力抽紧鱼肠线，打了个牢牢的结。

他装上鱼饵，捡起钓竿，向树干另一端的水中走去，那里不算深。树干的下面和另一边就是深水潭。尼克沿着沼泽地附近的浅水滩绕了一圈，最后在浅水处的河床上站定。

左手边，草地到了尽头，树林铺展开来。一棵巨大的榆木被连根拔起。它是在一场风暴中倒下的，树冠冲着树林，根上还带着土，土里长出了草，树干在小河边竖起一道坚实的堤墙。河水冲蚀着这横木的外缘。从他站着的地方，尼克可以看到河床上流水冲刷出的深沟，像一道道水槽。他的脚下铺满了鹅卵石，远处也到处都是大卵石；河水绕着树根打转，在河床上留下许多淤泥，深水沟槽间的绿色水草随着水流摇摆。

尼克将钓竿向后甩过肩头，再拉回前方，蚱蜢被抛到了水草间的深渠里。一条鳟鱼咬了钩，尼克逮住它了。

尼克把竿向远处树根下送，站在流水中，摇摇晃晃地往后拉。鳟鱼一头扎向水底，鱼竿被拉弯了，抖个不停，他对付着那条鳟鱼，慢慢把它拉出危险的水草区，拉到开阔的河面。尼克握紧了钓竿。钓竿横过流水，一直在颤动，鳟鱼被拉了过来。它左冲右突，但还是慢慢被拉近了。它冲的时候，就松一松线，有时竿头也被拽到水下，但终究是在把它往回拉。合着它挣扎的节奏，尼克向下游挪动步子，不让渔线绷得太紧。现在，鱼竿挑起，他把抄网探到鳟鱼身下，兜了起来。

鳟鱼躺在网里，分量不轻，透过网眼能看到它长着斑点的脊背和闪着银光的肚皮。这条鱼肚皮肥厚，很容易抓牢，下颌宽大突出。鱼肚子翕动着，一起一伏。尼克把它从钩子上取下来，放进肩上的长布口袋里，口袋一直垂到水里。

尼克迎着流水展开袋口，袋子里灌满了水，沉甸甸的。他拎起袋口，水从旁边流了出去，袋子底还泡在河里。那里面有一条大鳟鱼，活生生的，待在水里。

尼克向下游走去。布袋挂在身前，垂到水里，坠着他的肩膀，沉甸甸的。

天气越来越热了。太阳烤着他的后脖颈，火辣辣的。

尼克已经有了一条好鱼，他没想钓太多。这里的河面开阔起来，水也浅了。两岸都有树。上午的阳光照在左岸的树上，在水面上投下窄窄一道树荫。尼克知道，每一片阴影里都有鳟鱼。等到了下午，太阳走到山的那一边，鳟鱼又会躲到河对岸的阴凉下面去了。

最大的鱼都最靠近河岸。在黑河上，你总能抓到它们。太阳落山后，它们就会统统钻进水流里去了。只有日暮之前，阳光在河面上映出炫目的光亮时，你才可能在任何一处流水中都钓到鳟鱼。可那会儿的水面亮得像镜子一样，反射着阳光，几乎没法下钩。当然，你也可以到上游去钓鱼，但在像黑河或这条河这样的地方，你就不得不站在深水里，还要应付急流，水浪直往你身上扑。在水这么大的上游钓鱼毫无乐趣可言。

尼克顺着浅水滩挪动，寻找岸边的深水坑。一株山毛榉紧贴着河边生长，树枝垂到水里。河水在叶子下打着转。这种地方总是藏着鳟鱼的。

尼克不太想在那个水坑里钓鱼。鱼钩会被树枝挂住的，他很确定。

但这个水坑看起来很深。他还是扔了一只蚱蜢过去，流水把它卷进水下，带到垂在水面的树枝下。渔线猛地抽紧了，有鱼上钩。那条鳟鱼用力挣扎着，半个身子都跳出了水面，在枝叶间隐现。线被挂住了。尼克用力一拉，鳟鱼逃脱了。他收回渔线，把钓钩抓在手里，继续向下游走去。

前方，靠近左岸，有一根大木头。尼克能看出来，它是中空的，木头的一头朝着上游，河水汩汩流进去，只在两边留下淡淡的涟漪。水渐渐深了。木头露在水面上的部分是干的，泛着灰色，半边藏在阴影里。

尼克从装蚱蜢的瓶子上拔下松木塞，一只蚱蜢正攀在上面。他把它摘下来，挂在钩子上，投了出去。他向外远远地伸出鱼竿，好让蚱蜢能掠过水面，落进流向中空木头的水流里。尼克压低钓竿，蚱蜢顺水漂了进去。鱼竿重重地一沉。尼克晃动竿子，对抗这股拉力。要不是那股活蹦乱跳的劲儿，感觉就像钓住的是木头本身一样。

他试着把鱼拖到水流里来。它出来了，非常沉。

渔线突然松下来，尼克还以为鳟鱼脱钩了。紧接着，他看见了它，非常近，就在水里，正摆着头，试图挣脱钓钩。它的嘴紧闭着，在清澈的流水里和鱼钩作战。

尼克扯动鱼竿，左手绕着渔线，尝试把鳟鱼带进抄网里。可它不见了，看不到，只是渔线仍然抽动着。尼克努力对抗着水流，与它抗衡，让它拖着渔线在水里拼命弹跳扭动。鱼很重，还在和鱼竿搏斗，他把鱼竿交到左手，将鳟鱼往上游拉，然后再放它顺流而下，直接落到抄网里。他从水里提起抄网，网子滴着水，被这个重家伙坠成了半圆形。尼克摘下钩子，把鱼滑进口袋里。

他展开袋口，低头看去，袋子里，两条大鳟鱼好好地待在水里。

蹚过越来越深的河水，尼克艰难地走到了空心树干旁。他从头上取下布袋，一离开水，鳟鱼就扑腾起来。尼克把布袋挂好，让鱼可以深深浸在水里。接着爬上木头坐下来，水从裤子和靴子上淌下来，汇进河里。放下鱼竿，他挪到木头上阴凉的一头，从口袋里拿出三明治。先把三明治放在水里凉一下，流水带走了一些面包屑。吃着三明治，他舀起满满一帽子水来喝，还没到嘴边，水就已经开始往外淌。

树荫里很凉快。尼克坐在树干上，拿出一支香烟，擦了一下火柴，准备点烟。火柴头陷进了灰色的木头表面，划出一道小凹痕。他探过身子，找到一处硬的地方，擦燃了火柴。抽着烟，他静静坐着，凝视着河流。

前方，河面收窄，流向一处沼泽。水深了，河面很平静，沼泽看起来密不透风，长满了雪松，树干紧紧靠在一起，树枝虬结交错。像这样的沼泽地，是不可能走得过去的。分枝都长得太低了。你几乎得一直紧贴住地面才能移动。想从这样的枝干之间挤过去是不可能的。一定是这个原因，沼泽里的动物才长成了它们如今的模样，尼克琢磨着。

他希望自己带了些什么东西来读。这会儿他想看看书。不想走进那片沼泽里去。他望着下游。一棵大雪松斜过河面。就在它后面，河水流进了沼泽。

尼克不想再往下走了。他不愿意在深及腋窝的水里跋涉。

那种地方，就算钓到了大鳟鱼，也不可能把它们带上岸。沼泽地岸边光秃秃的，中间的大雪松遮蔽了天空，除了零星几块光斑，太阳根本照不进去。光线幽暗，水深流急，在这种地方钓鱼就是个悲剧。在沼泽地里钓鱼则是一场悲剧式的冒险。尼克不想尝试。今天，他一步也不想再往下游走了。

他拿出刀，打开，插在树干上。提起布口袋，伸手进去，抓出一条鳟鱼。他抓在了接近鱼尾的地方，鱼在他的手里活蹦乱跳，很难抓得住。他把鱼往树干上重重摔了一下。鳟鱼抖了抖，不动了。尼克把它放在木头上的阴凉处，如法炮制，摔断了另一条鱼的脖子。两条鱼并排躺在树干上，都是很棒的鳟鱼。

尼克给它们开膛破肚，从肛门口一直剖开到下颌尖，清理干净。腮、舌头和所有内脏都被完完整整地拽了出来。两条都是雄鱼，有长长的灰白色鱼白，光滑、干净。内脏全都紧实干净，是整个取出来的。尼克把它们扔上岸，留给水貂去吃。

他在河里清洗鳟鱼。放进水里时，它们看起来就像活鱼一样，身上的光泽还没有褪去。他洗净双手，在木头上擦干。把布口袋摊开在树干上，裹起鳟鱼，扎成一捆，放进抄网里。刀还竖直插在木头上。他拔起刀，在树干上蹭干净，收进口袋。

尼克站起身，拿着他的钓竿，身上挂着沉甸甸的抄网，蹚水走向岸边。他爬上河岸，直接进了树林，向高地走去。该回营地了。他回过头去，隔着树林也能看见河流。他还有的是时间，可以改天再去沼泽地里钓鱼。

Che Ti Dice La Patria ?

祖国对你说了什么?

山口的道路坚实平坦，大清早的，路上还没什么土。山下，丘陵上长满了橡树和栗子树，远处是大海。另一边是积雪的山脉。

我们翻越隘口下山，穿过林木丛生的乡间。路边堆着成包的木炭，隐约能看见烧炭人的林间小屋。这是个礼拜天。道路穿过灌木林，经过一个个村庄，虽然起起伏伏，总还是一路向下，不复山隘口的海拔。

这些村子外面全都是葡萄园。土地是褐色的，葡萄藤粗糙、壮实。房子都刷成白色，街道上，男人们穿着他们的周日盛装，正在玩滚木球。有的屋墙边种着梨树，枝丫伸展开来，顶到白墙上。梨树都打了药，药水喷在墙上，留下点点铜绿似的斑。村庄四周有些小块空地，种着葡萄，再往外，便是树林了。

在斯佩齐亚[1]北面二十公里外的一个村子里，广场上聚着一群人，一个年轻男人拎着手提箱走过来，要求我们把他带到斯佩齐亚去。

"我们只有两个座位，都有人了。"我说。我们开的是一

1　此篇篇名为意大利文。斯佩齐亚是意大利北部城市，拉斯佩齐亚省（La Spezia）的首府，意大利最重要的海军基地和港口之一。

辆老福特双门跑车。

"我可以待在外面[1]。"

"那可不好受。"

"不要紧。我一定得去斯佩齐亚。"

"带不带？"我问盖伊。

"看来他是无论如何都要去了。"盖伊说。年轻人从车窗外递进来一个包。

"照看一下这个。"他说。两个男人把他的箱子绑在车后面，就架在我们的箱子上。他挨个儿和每一个人握手，解释说，对于一名法西斯党员，一个像他这样常常奔波的男人来说，没什么不舒服可言。他爬上车子左边的脚踏板，右胳膊伸进打开的车窗，从里侧抓牢。

"你可以开车了。"他说。人群向他挥手告别，他也挥舞着空闲的那只手。

"他说什么？"盖伊问我。

"说我们可以开车了。"

"他还真客气！"盖伊说。

道路贴着河边走。河对岸就是一片高山。太阳晒化了草上的寒霜。天气晴朗、寒冷，风从敞开的挡风玻璃吹进来。

"你猜他在外面是个什么滋味儿？"盖伊仰起头看路。他看不到旁边，被我们的乘客挡住了。那年轻人蹲在汽车一侧，

1　老式汽车车门外有脚踏板。

活像装在船头的破浪神像。他早已翻起了外套衣领，把帽子抓了下来，鼻头暴露在寒风里，看上去可够冷的。

"说不定他就快受不了了。"盖伊说，"那边正好是我们那个伤了的轮胎。"

"哦，要是爆胎的话，他会扔下我们自己走的。"我说，"他才不会想弄脏他的旅行装呢。"

"好吧，我才不在乎他。"盖伊说，"——除了转弯的时候，他扒在外面那架势真是够呛。"

树林跑到后面去了，我们离开河边，开始爬坡。引擎水箱开了锅。那年轻人恼怒地看着蒸汽和锈水，一脸怀疑。盖伊双脚都踩在了油门上，引擎发出刺耳的声音，上，上，滑下来，再上，终于，爬上去了。引擎声消失了，安静重新降临，水箱噗噗沸腾的声音听起来格外响亮。我们爬上了最后一道山梁，下面就是斯佩齐亚和大海。下山一路都是急弯，几乎没什么大弯道。每到转弯的时候，我们的客人身子就往外吊，几乎要把本就头重脚轻的车坠翻过去。

"你没法让他不这样。"我对盖伊说，"这是他自我保护的本能。"

"了不起的意大利本能。"

"最了不起的意大利本能。"

我们盘旋下山，碾过路上厚厚的尘土，连橄榄树上都积满了土。斯佩齐亚就在下面，顺着海岸铺开来。到了城外，道路平坦起来。我们的客人从窗户探进头来。

"我要停车。"

"停车。"我对盖伊说。

我们慢慢把车停在路边。年轻人跳了下去，转到车后面解下行李箱。

"我就到这里。这样你们就不会因为带人惹上麻烦。"他说，"我的包。"

我把包递给他。他伸手去掏口袋。

"我要给你们多少钱？"

"不用了。"

"为什么？"

"不为什么。"我说。

"那谢谢了。"年轻人说。不是"谢谢你"，不是"非常感谢"，也不是"太谢谢你了"。从前在意大利，哪怕是别人递张时间表或是指个路，你都会这么说。这年轻人只说了个最冷淡的"谢谢"，在盖伊发动汽车的当口，还一直怀疑地盯着我们。我冲他挥了挥手。他很有尊严地没搭理我。我们开进了斯佩齐亚。

"那年轻人在意大利要走的路还长着呢。"我对盖伊说。

"很好，"盖伊说，"他跟着我们走了二十公里了。"

斯佩齐亚就餐记

　　我们是来找地方吃饭的。斯佩齐亚街道宽阔，房屋高大，全都刷成了黄色。我们跟着电车道开进城中心。房子外墙上都用模板刷上了墨索里尼的头像，旁边是手写的"vivas[1]"，两个浓黑的"V"字母下面，涂料顺着墙滴下来。旁边的小街通向港口。天气很好，人们都出来过礼拜天了。石头路面上洒过水，土里还有弯弯曲曲的水印儿。我们靠向路边，让开一辆电车。

　　"找个地方简单吃点儿吧。"盖伊说。

　　我们把车停在了两家餐厅招牌的对面。我在马路这边买了一份报纸。对面，两家餐厅并排挨着。其中一家门口站着个女人，冲我们微笑。我们穿过马路，走了进去。

　　店里很暗，三个女孩和一名老妇人一起坐在靠里的桌子边。我们对面的桌边是个海员。他坐在那儿，既没吃饭，也没喝东西。再往里一点，一个穿蓝色西装的年轻男人正趴在桌上写着什么。他头上抹了发油，溜光锃亮，打扮也是齐齐整整、有模有样的。

　　亮光从门口照进来，蔬菜、水果、牛排，还有排骨，全都陈列在橱窗里。一个姑娘过来为我们点菜，另一个站到门口。我们这才发现，她的家常裙子下什么也没穿。就在我们看菜单

1　意大利语，表示欢呼"万岁"。

的时候，点菜的姑娘伸出胳膊，搂住了盖伊的脖子。店里总共三个女孩，全都轮流走出去站在门口。里头桌子边的老妇人对她们说了些什么，她们就回来，在她身边坐下。

屋子里只有一道连接厨房的门。门上挂着帘子。为我们点单的姑娘端着意大利面从厨房出来。她把面放在桌上，拿出一瓶红酒，在桌边坐了下来。

"这下好了，"我对盖伊说，"你只想找个地方简单地吃点儿。"

"这可不简单。麻烦了。"

"你们在说什么？"那姑娘说，"你们是德国人吗？"

"南德人。"我说，"南德人可都是些有教养的人，招人喜欢。"

"听不懂。"她说。

"这地方怎么回事？"盖伊问，"非得让她把胳膊绕在我脖子上吗？"

"当然。"我说，"墨索里尼关了妓院。这儿就是个餐馆。"

那姑娘穿着一条连衣裙。她向前俯身，靠在桌子上，把手放在胸口，微笑着。笑起来时，她的半边脸比另一半好看，她把好看的半边转向我们。不知怎么的，她这好看的半边脸显得更迷人了，鼻子轮廓柔和了些，就像温热的蜡会变软一样。当然，她的鼻子一点儿也不像热蜡。它非常冷峻刚硬，现在只是稍稍柔和了一点而已。"你喜欢我吗？"她问盖伊。

"他为你着迷。"我说，"但他不会说意大利语。"

"我能说德语。"[1] 她抚摸着盖伊的头发说。

"盖伊，用你的母语和这位女士聊聊。"

"你们从哪儿来？"这女士问。

"波茨坦。"

"还要在这儿多待一阵子吧？"

"在这迷死人的斯佩齐亚？"

"告诉她我们得走了。"盖伊说，"告诉她，我们重病缠身，还没钱。"

"我朋友讨厌女人，"我说，"他是个老派的德国厌女者。"

"告诉他，我爱他。"

我告诉了他。

"你能闭上嘴，把我们从这里弄出去吗？"盖伊说。那女士的另一只胳膊也缠在了他的脖子上。"告诉他，他是我的。"她说。我告诉了他。

"你能把我们从这里弄出去吗？"

"你们吵架了。"那女士说，"你们不喜欢对方。"

"我们是德国人，"我得意地说，"老派南德人。"

"告诉他，他是个帅小伙儿。"那女士。盖伊三十八岁了，在法国时却被人当成了搭车卖身的旅行男妓，他对这事儿还颇有几分得意。"你是个帅小伙儿。"我说。

"这是谁说的？"盖伊问，"你还是她？"

---

1 此处原文为德语"Ich spreche Deutsch"。

“她。我只是你的翻译。你不就为这个才拉我一起上路的吗？”

“幸好是她说的。”盖伊说，“我也不想非得在这里跟你分道扬镳。”

“我可不知道。斯佩齐亚是个可爱的地方。”

“斯佩齐亚。”那女士说，“你们在说斯佩齐亚。”

“可爱的地方。”我说。

“这是我的家乡。”她说，“斯佩齐亚是我的家，意大利是我的祖国。”

“她说意大利是她的祖国。”

“告诉她，这儿看着就像是她的祖国。”盖伊说。

“你们有什么甜点？”我问。

“水果。”她说，“我们有香蕉。”

“香蕉不错。”盖伊说，“它们起码还有层皮。”

“噢，他要香蕉。”那女士说。她抱住盖伊。

“她说什么？”他偏开头，问。

“你要吃香蕉，她很高兴。”

“跟他说我不吃香蕉。”

“这位先生不吃香蕉。”

“啊，”那女士失望地说，“他不吃香蕉。”

“告诉她，我每天早上要洗个冷水澡。”盖伊说。

“先生每天早上都要洗个冷水澡。”

“听不明白。”那女士说。

我们对面的水手一动也没动过，像个活摆设。这地方没人搭理他。

"我们要结账了。"我说。

"噢，不。你们一定得留下来。"

"听着，"那个齐齐整整的年轻男人坐在他写东西的桌边，开口说，"让他们走。他们不值什么。"

女士拉住我的手。"你不留下来吗？不叫他留下来吗？"

"我们得走了。"我说，"我们今晚得到比萨去，说不定还要赶到佛罗伦萨。天黑以后，我们会在那些城市里找点儿乐子。现在是白天。白天必须赶路。"

"多待一会儿也好啊。"

"我们必须得趁着天亮赶路。"

"听我的。"那齐齐整整的年轻人说，"别费力气跟他们两个扯了。我说了，他们不值什么，我有数。"

"把账单拿来吧。"我说。她到老妇人那里拿了账单，送回来，坐在桌旁。另一个女孩从厨房走出来。她穿过房间，站到了门口。

"别再烦这两个人了。"那齐齐整整的年轻人说，声音里带上了几分不耐烦，"过来吃东西。他们不值什么。"

我们付了账，站起身来。所有的女孩、老妇人和那个齐齐整整的年轻人一起在桌边坐下。活摆设水手孤零零坐着，头埋在双手中。我们吃午餐的这段时间里，从头到尾都没人跟他说过话。姑娘把老妇人找出的零钱送来，转身回到桌边她自己的位子。我们留了点小费在桌上，走出门去。当我们坐进车里准备出发时，那姑娘出来了，站在门口。引擎发动了，我对她挥挥手。她没有挥手，只是站在那里，看着我们。

雨后

路过热那亚郊外的时候，雨下得很大，我们只能慢吞吞地跟在电车和大货车后面。稀泥浆溅上人行道，弄得行人见到我们就赶紧往门洞里躲。竞技场码头是热那亚郊外的工业区，有一条两车道的宽阔街道，我们尽量靠着街心开车，免得把泥浆甩到下班回家的人们身上。左边就是地中海。大海奔腾着，巨浪翻涌，风卷起水花打在车上。我们进入意大利时曾经走过的那条河床，当初宽大、干涸，铺满了石头，如今却浊水汹涌，直逼到岸上。河水把大海也染成了黄褐色，只有当浪头翻卷起水帘时，光亮才能穿透黄水浪尖。大风裹挟着跌落的水珠，向马路横扫过来。

一辆大车超过了我们，开得很快，扬起一片泥汤，洒在我们的挡风玻璃和水箱上。自动雨刷来回摆动，扫去玻璃上的水污。我们在塞斯特雷[1]停下来吃午饭。饭馆里没有暖气，我们

1　意大利城镇名，位于地中海边。

仍旧裹着外套，戴着帽子。透过窗户，能看到停在外面的车。车上溅满了泥，停在几艘船旁边，都是被拖上来躲避风浪的。坐在饭馆里，你还能看见自己呼出的热气。

意大利干拌面味道不错，酒有一股子明矾味，我们往里掺了些水。不一会儿，侍者端来了牛排和烤土豆。一个男人和一个女人坐在店堂另外一头。他是个中年人，而她还年轻，穿着黑衣服。整顿饭，她不断往湿冷的空气中呵热气。男人就会看着热气，摇摇头。他们没有说话，男人在桌下拉着她的手。她挺漂亮，可两人看起来都很悲伤。他们随身带着一个旅行包。

我们带了报纸。我大声把有关上海战事[1]的报道读给盖伊听。吃过饭，他跟着侍者去找个地方，饭店里没有。我拿了块抹布，去擦干净挡风玻璃、车灯和车牌。盖伊回来后，我们就把车倒出来，上了路。侍者把他带到了马路对过的一栋老房子里。房子里的人很多疑，侍者一直和盖伊待在一起，以示没有东西被偷走。

"虽然不知道怎么回事，可好像就因为我不是水管工，他们就觉得我会偷东西似的。"盖伊说。

我们开到镇子外面一个海岬上时，海风扫过来，几乎把车掀翻。

1　本篇发表于1927年，创作于当年四五月间，故事背景是墨索里尼统治时期的意大利。

"还好，风是从海上吹过来的。"盖伊说。

"说起来，"我说，"雪莱[1]就是在这一带的某个地方淹死的。"

"那是在维亚雷焦附近。"盖伊说，"你还记得我们到这个国家是干什么来的吗？"

"记得，"我说，"可我们还没走完呢。"

"今晚我们就要离开了。"

"如果能过得了文蒂米利亚[2]的话。"

"走着看吧。我可不想在这样的海岸上开夜车。"这会儿刚过中午，太阳已经没了踪影。脚下，蓝色的海面上白浪翻滚，涌向萨沃纳[3]。背后，海岬那一边，黄色和蓝色的海水交汇在一起。我们前方，一艘临时货船正在靠岸。

"还看得到热那亚吗？"盖伊问。

"嗯，看得到。"

"下一个大海岬应该就会挡住了。"

"那也还有很长一段时间。现在连它背后的波托菲诺角都还看得到呢。"

---

1 珀西·比希·雪莱（Percy Bysshe Shelley, 1792—1822）：英国著名浪漫主义诗人。1822 年 7 月 8 日，雪莱从里窝那返回莱里奇途中，在斯佩齐亚海湾遭遇风暴，失事身亡。当时他正驾驶着自己的帆船"唐璜号"。下文提及的维亚雷焦是意大利托斯卡纳区北部城市，位于特鲁里亚海沿岸，雪莱的尸体后来在这里被冲上岸，并安葬于此。
2 意大利西北部沿海城市，靠近法国边界。
3 意大利西北部港口城市。

终于，热那亚看不见了。车开出海岬时，我回头望去，眼前只有大海、脚下的海湾和高处的山坡。海湾里，长长的沙滩上停着几艘渔船，山坡上有一个小镇，更远处的海岸边能看到一些海岬。

"现在看不到了。"我告诉盖伊。

"哈，早就看不到了。"

"这可不一定，得等我们拐出去以后才知道。"

前面有一个路牌，上面画着个S形的弯，写着"转弯危险[1]"。道路在这里绕过海岬，风从挡风玻璃的缝隙钻进来。下了海岬就是平路，沿着海岸线延伸。风吹干了烂泥，轮子开始扬起尘土。在平路上，我们超过了一个法西斯党员，他骑着自行车，沉甸甸的左轮手枪插在屁股后的枪套里。他占了路中心，我们绕到外面避开他。擦身而过时，他一直盯着我们。前面是一个铁路道口，我们开到时，闸栏正好落下。

正等着，那个法西斯党员骑着自行车也到了。火车开过，盖伊发动了引擎。

"等等。"自行车手在后面叫道，"你们的车牌脏了。"

我抓起抹布下了车。车牌是午饭时才刚擦过的。

"可以看得清。"我说。

"你这么觉得吗？"

1　此处原文为意大利语"Svolta Pericolosa"。

"读读看。"

"我看不清。太脏了。"

我拿抹布擦了擦。

"现在行了吗？"

"二十五里拉。"

"什么？"我说，"你明明能看清的。那上面只是沾了些路上的灰。"

"你不喜欢意大利的路？"

"路上很脏。"

"五十里拉。"他一口痰吐在路面上，"你的车很脏，你也很脏。"

"很好。给我一份收据，签上你的名字。"

他拿出一本收据簿，一式两联，侧边装订。一联交给被罚款的人，一联留作存根。但没有复写纸，不能保留罚款人那一联的记录。

"给我五十里拉。"

他用保迹铅笔填写收据，撕下一联递给我。我看了看。

"这上面写的是二十五里拉。"

"写错了。"他说，把二十五改成了五十。

"还有另外那联。把存根也改成五十。"

他露出一个漂亮的意大利式笑容，在收据存根上写了点儿什么，手遮住不让我看到。

"走吧。"他说，"趁着你们的车牌还没有再变脏。"

天黑后我们又开了两个小时，赶到蒙通过夜。这里充满了快乐的气息，干净、有序，惹人喜爱。我们从文蒂米利亚出发，来到比萨和佛罗伦萨，穿越罗马涅到里米尼，掉头一路经过弗利、伊莫拉、博洛尼亚、帕尔马、皮亚琴察和热那亚，返回文蒂米利亚。全程只花了十天。当然，在这么匆忙的旅程中，我们没什么机会去探究，在这个国家和它的人民身上，到底发生了什么。

An Alpine Idyll

阿尔卑斯山牧歌

虽然是一大早，下到山谷里还是很热。我们扛着滑雪板，太阳晒化了上面的雪，晒干了木板。山谷里还只是春天，可太阳已经很烈了。我们沿着大路走进加尔蒂[1]，扛着雪板，背着背包。经过教堂墓地时，一场葬礼刚刚结束。神父正走出墓地，经过我们身边，我对他说："与主同在[2]。"神父欠了欠身。

　　"真好玩，神父从来不跟人说话。"约翰说。

　　"你还指望他们会回答'主保佑你'啊。"

　　"他们从来不答话。"约翰说。

　　我们站在路边，看着教堂司事把新鲜泥土铲进墓穴。一个农民站在墓穴旁，留着黑胡子，穿着高筒皮靴。司事停下手，直起腰来。穿高筒靴的农民拿过他的铲子，接着填墓穴——他撒土的样子就像是在菜园子里撒肥料。在这晴朗的5月清晨，填墓穴这事看起来很不真实。我没法把这样的清晨与死人联系在一起。

1　奥地利西部村庄，滑雪胜地。

2　此处原文为德语"Grüss Gott"。通行于德国南部、奥地利等地的日常问候语，19世纪最为盛行，带有较浓厚的天主教色彩，字面意思是"与主同在""主保佑你"。

"想想看，在这样一个日子里被埋葬是什么感觉。"我对约翰说。

"我可不喜欢这个。"

"好吧，"我说，"我们用不着这么做。"

我们沿着路继续走，经过镇子里的房舍，来到旅馆。我们已经在锡尔夫雷塔[1]待了一个月了，一直在滑雪，下到山谷里的感觉很好。在锡尔夫雷塔，春天也能滑雪，但只能是在傍晚。其他时候太阳会毁了一切。我们俩都烦透了那太阳。你没法避开它。仅有的阴凉地是岩石边，或是冰川旁的一个小屋里，小屋也建在一块岩石下方。一到阴凉地里，汗水立刻就会在你的内衣上结冻。不戴雪镜根本没法在屋外待。晒黑一些是很棒，但一直顶着太阳实在是让人厌烦。你没有一刻喘息。我很高兴能下山来，离开雪地。到春天还留在锡尔夫雷塔山上，的确是太迟了些。我有点厌倦滑雪了。我们待得太久了。一直喝锡皮屋顶上化下来的雪水，现在我嘴里还泛着那股味道。对我来说，这味道也是滑雪体验的一部分。能有些滑雪以外的东西真是太好了，下山来太好了，远离恼人的高山春天，走进山谷里一个这样的5月早晨。

旅馆老板坐在门廊上，椅子向后翘起，顶在墙上。厨子坐在他旁边。

"滑雪万岁！"旅馆老板说。

---

1 阿尔卑斯山中东部山脉，位于奥地利和瑞士交界处。

"嗨！"我们说，把滑雪板靠在墙上，放下背包。

"上面怎么样？"老板问。

"很好。就是太阳太大了。"

"是啊。每年这个时候太阳都太大了。"

厨子坐在他的椅子上。老板和我们一起走进门，打开他的办公室，把我们的信拿出来。有一捆信和一些报纸。

"我们喝点啤酒吧。"约翰说。

"好。在里面喝。"

老板拿来两瓶啤酒，我们一边看信一边喝。

"不如再多来点啤酒。"约翰说。这次送酒来的是一个女孩，她微笑着打开瓶盖。

"信很多啊。"她说。

"是啊，很多。"

"喝得开心。"她说，拿起空酒瓶走了出去。

"我都忘了啤酒是什么味道了。"

"我可没有。"约翰说，"在山上小屋里的时候，我经常想着它。"

"好吧，"我说，"我们现在总算喝到了。"

"不管什么事，都不能一下子做太久。"

"是的。我们在上面待得太久了。"

"太他妈久了。"约翰说，"一件事干太久没好处。"

阳光穿过敞开的窗户，照在桌上的啤酒瓶上。瓶子都还半满着。啤酒表面有一点泡沫，但不多，因为酒很冰。等你把它倒进直筒玻璃杯里时，泡沫就会涌出来。我望着窗外白色的马路。路边的树木都灰扑扑的。远处是一片绿草地和一条小溪。溪边长满了树，还有一间带水车的磨坊。透过磨坊敞开的一侧，我看到一根长长的木头，一把锯子架在上面，起起落落。看起来似乎没人在照管它。绿地上有四只乌鸦，正走来走去。还有一只乌鸦蹲在树上，四处张望着。外面的门廊上，厨子从他的椅子上站起身，走进过道，过道直接通到厨房。屋子里，阳光穿透空玻璃杯照在桌子上。约翰趴着，头枕在胳膊上。

　　窗口外，我看见两个男人踏上店门口的台阶。他们进了酒吧间。其中一个是那穿高筒靴的农民。另一个是教堂司事。他们在靠窗的桌子边坐下。女孩走进去，站在他们桌旁。农民似乎没看她。他坐在那里，手放在桌上。他穿着旧军装，两个肘弯处都打了补丁。

　　"怎么样？"司事问。农民没留意。

　　"你要喝什么？"

　　"杜松子酒。"农民说。

　　"再来一瓶1/4升装的红酒。"教堂司事对女孩说。

　　女孩送来酒，农民喝着杜松子酒。他看着窗外。教堂司事看着他。约翰脑袋埋在桌上。他睡着了。

　　旅馆老板进来，走向那张桌子。他用本地话说了什么，教堂司事回答了他。农民看着窗外。老板走出屋子。农民站起来，从皮夹子里拿出一张钞票展开，是折起来的一万克朗。女孩走进来。

"一起？"她问。

"一起。"他说。

"我自己来。"教堂司事说。

"一起算。"农民对女孩重复了一遍。她伸手从围裙口袋里抓出一把硬币，数出找零的数目。农民出门走了。他刚一走，旅馆老板就回到房间里和教堂司事说话。他坐在桌边。两人都操着本地方言。司事很乐。老板却露出厌恶的模样。司事从桌边站起来。他是个小个子，蓄着胡子。他把身子探出窗外，向路上张望。

"他去那边了。"他说。

"到狮子酒馆去了？"

"是。"

他们又聊了起来。片刻后，店老板来到我们的桌边。老板个头很高，年纪也不小了。他看到约翰在睡觉。

"他真是累着了。"

"是啊，我们起得很早。"

"你们现在想吃饭吗？"

"随时都可以。"我说，"有什么吃的？"

"什么都有，只要你想要。那姑娘会给你们拿餐牌来。"

女孩送来了菜单。约翰醒了。菜单是一张手写卡片，夹在木板上。

"这儿有菜单。"我对约翰说。他看看菜单，还迷迷糊糊的。

"你不想和我们一起喝一杯吗？"我问老板。他坐了下来。"这些农民都是畜生。"老板说。

"进镇子的时候，我们在葬礼上看见那人了。"

"那是他妻子的葬礼。"

"噢。"

"他是个畜生。所有这些农民都是畜生。"

"为什么这么说？"

"你根本不会相信。你不会相信那家伙都干了些什么。"

"说来听听。"

"你不会相信的。"旅馆老板冲着教堂司事喊，"弗朗茨，过来这边。"教堂司事过来了，带着他的小瓶葡萄酒和杯子。

"这位绅士刚从威斯班德勒小屋下来。"老板说。我们握了握手。

"要喝点儿什么？"我问。

"不用了。"弗朗茨摇摇手指头。

"再来一小瓶？"

"好吧。"

"你听得懂本地话吗？"老板问。

"听不懂。"

"这是在干吗？"约翰问。

"他要给我们讲讲那个农民的事，就是我们进镇时看到的那个，在填墓穴的。"

"我搞不清楚，随便了。"约翰说，"太快了，我跟不上。"

"那个农民，"老板说，"今天把他的妻子带来安葬。她去年11月就死了。"

"12月。"教堂司事说。

"那不是重点。她去年12月就死了，他通知了市镇[1]。"

"12月18号。"司事说。

"不管怎样，雪化掉之前，他没办法把她带来下葬。"

"他住在帕兹农恩[2]的那一边。"司事说，"但他是这个教区的。"

"一点办法都没有吗，不能带她过来？"我问。

"没有。从他住的地方到这里，只有等积雪开化之后坐雪橇过来。所以他今天把她带来了，打算给她下葬。可看到她的脸以后，神父不肯就这么安葬她。接下来你来说。"他对司事说，"说德语，别说土话。"

"神父觉得很奇怪。"司事说，"在市镇的报告里，她是死于心脏病的。我们知道她有心脏病。她在教堂里昏倒过几次。她很久没来了，身体不好，没法爬山。神父揭开盖在她脸上的毯子，问奥尔兹：'你妻子死得很痛苦吗？''不。'奥

---

1 奥地利的最小一级行政单位。
2 文中的山谷名。

尔兹说，'我进屋时她已经横在床上死掉了。'

"神父又看了她一眼。他不喜欢这个。

"'那她的脸怎么回事？'

"'我不知道。'奥尔兹说。

"'你最好有个解释。'神父说，把毯子盖了回去。奥尔兹没有说话。神父看着他。奥尔兹也看向神父。'你想知道？'

"'我必须知道。'神父说。"

"精彩的要来了。"旅店老板说，"注意听。接着说，弗朗茨。"

"'好吧，'奥尔兹说，'她死的时候我报告了市镇，然后把她放在棚屋里的大木头顶上。等我要用那块大木头时，她已经硬了。我就把她靠墙立起来。她的嘴是张开的，我晚上进棚屋劈柴火时，就把提灯插在她嘴里挂着。'

"'你为什么要那样做？'神父问。

"'我不知道。'奥尔兹说。

"'你这么做了很多次吗？'

"'每次晚上到棚子里干活时都这样。'

"'这是非常错误的。'神父说，'你爱你的妻子吗？'

"'是的，我爱她。'奥尔兹说，'我很爱她。'"

"这下你全都明白了吧？"旅店老板问，"关于他妻子的事，你都明白了吧？"

"我听到了。"

"吃东西吧？"约翰问。

"你点吧。"我说，"你觉得这是真的吗？"我问老板。

"当然是真的。"他说，"这些农民就是畜生。"

"那他现在去哪儿了？"

"去我同行那里喝酒去啦，狮子酒馆。"

"他不想和我一起喝酒。"教堂司事说。

"他不想和我一起喝酒，从他知道他妻子的事以后就不想了。"老板说。

"怎么说，"约翰说，"吃东西吧？"

"好。"我说。

"除非你觉得它不会害我睡不着觉。"

"拜托了，好吗？"女服务员问。

"来一点吧。"惠勒先生说。

"谢谢你。"

她从厨房端来咖啡，惠勒先生瞧着窗外，站台的灯光下，雪正纷纷扬扬飘落。

"除了英语，你还会说其他语言吗？"他问女服务员。

"噢，是的，先生。我会说德语、法语，还有一些方言。"

"想喝点什么吗？"

"噢，不，先生。我们不能在店里和客人一起喝东西。"

"不来根香烟？"

"噢，不，先生。我不抽烟，先生。"

"那好吧。"惠勒先生说。他又看向窗外，喝着咖啡，点起一支烟。

"小姐[1]。"他叫道。女服务员过来了。

"先生，想要什么？"

"你。"他说。

"你不能拿我开这样的玩笑。"

"我没开玩笑。"

"那就是你不能这么说。"

"我没时间讨价还价。"惠勒先生说，"还有四十分钟火

1　此处原文为德语"Fraulein"，有专指"德国姑娘、德国家庭女教师"的含义。

车就要到了。只要你跟我上楼去，我就给你一百法郎。"

"你不该说这种话，先生。我去叫搬运工来招呼你。"

"我不想要搬运工。"惠勒先生说，"不要警察，也不要那边卖香烟的某个男孩。我要你。"

"你要是还这样的话，就请出去吧。你不能待在这里说这样的话。"

"那你为什么不走开呢？你走开了，我就没法跟你说话了。"

女服务员走开了。惠勒先生留意看着，看她会不会去告诉搬运工。她没有。

"小姐[1]！"他叫道。女服务员走了过来。"请给我一瓶锡永[2]。"

"好的，先生。"

惠勒先生看着她走出去，又带着酒回来，回到他的桌子旁。他看了看钟。

"我给你两百法郎。"他说。

"请不要再提这种事。"

"两百法郎可是笔大数目。"

"你不会再说这种事了！"女服务员说。她都忘了英语该怎么说了。惠勒先生饶有兴致地看着她。

_____

1　此处原文为法语，"Mademoiselle"。
2　这里指的是锡永红酒。锡永是瑞士最主要的葡萄酒产区。

"两百法郎。"

"你太可恶了。"

"那你干吗不走开呢？如果你不在这里，我就没法对你说话了。"

女服务员离开桌边，向吧台走去。惠勒先生喝着酒，独自乐了好一阵子。

"小姐。"他叫道。女服务员假装没听到。"小姐。"他又叫了一次。女服务员过来了。

"你要点单？"

"非常想。我出三百法郎。"

"你可恶。"

"三百瑞士法郎。"

她径直走开。惠勒先生的目光紧跟着她。一名搬运工开门进来。他负责惠勒先生的行李。

"先生，火车来了。"他用法语说。惠勒先生站起来。

"小姐。"他叫道。女服务员走过来。"酒多少钱？"

"七法郎。"

惠勒先生数出八法郎，放在桌上。他穿上外套，跟在行李搬运工后面走上站台，雪还在下。

"再见了，小姐。"他说。女服务员看着他走出去。这人真是讨厌，她心想，讨厌，可恶。出三百法郎，就为这么一件不算什么的事。我白做过多少次啊。再说这里也没地方可以做。他够机灵的话，就该知道这里没地方。没时间，也没地方可去。花三百法郎干这事。这些美国人都是什么人啊。

惠勒先生站在水泥站台上，脚边放着他的包，眼望着火车来的方向，铁道上，车头灯光正穿过漫天雪花照过来。他暗想，这还真是个相当便宜的游戏啊。实际上，除了晚饭，他只花了七个法郎买一瓶酒，外加一个法郎的小费。七十五生丁[1]应该更合适。要是只给七十五生丁的小费，他会感觉更好些。一个瑞士法郎等于五个法国法郎。惠勒先生要去法国。他很在乎钱，不在乎女人。他以前来过这个车站，知道根本没什么楼上可去。惠勒先生从来不冒险。

第二部
约翰逊先生在沃韦[2]谈天

车站咖啡馆里温暖又明亮。木头餐桌被擦得发亮，有的桌上铺着红白条子的桌布，有的铺的是蓝白条子的桌布，每张桌子上都放着椒盐脆饼，饼干包在光亮的纸袋里，盛在篮子里。椅子上有雕花，但座位已经旧了，很舒服。墙上挂着一

1　货币单位，一法郎等于一百生丁。
2　瑞士小镇，地处日内瓦湖北岸，属于瑞士的法语区。

面钟，屋子最里头有一个锡皮酒吧台，窗外正飘着雪。两个车站行李搬运工坐在钟下的桌子旁，正喝着新酒。

另一个搬运工进来，说辛普朗号东方快车在圣莫里斯晚点了一个钟头。说完就走了。女服务员来到约翰逊先生的桌旁。

"先生，列车晚点了一个小时。"她说，"我能为你倒点儿咖啡来吗？"

"如果不会太麻烦的话。"

"拜托了，好吗？"女服务员问。

"我来一点吧。"

"谢谢你。"

她从厨房端来咖啡，约翰逊先生瞧着窗外，站台上的灯光里，雪正纷纷扬扬落下。

"除了英语，你还会说其他语言吗？"他问女服务员。

"噢，是的，我会说德语、法语，还有一些方言。"

"想喝点什么吗？"

"噢，不，先生。我们不能在店里和客人一起喝东西。"

"抽支烟？"

"噢，不，先生。"她笑道，"我不抽烟，先生。"

"我也不抽。"约翰逊点燃一根香烟，喝着咖啡。墙上的钟指向了十点差一刻。他的手表稍微快了些。火车本应十点半到的——晚点一个小时，就是说，得十一点半才能到了。约翰逊招呼女服务员。

"小姐 [1]！"

"需要什么，先生？"

"你不想和我一起玩玩吗？"约翰逊问道。女服务员脸红了。

"不，先生。"

"我不是说什么胡来的事。你不想参加一场派对，见识见识沃韦的夜生活吗？乐意的话，你还可以再带个女朋友来。"

"我得工作。"女服务员说，"我得照看好这里。"

"我知道。"约翰逊说，"可你不能找谁代个班吗？内战时他们老这么干。"

"噢，不行的，先生。我一定得自己守在这里。"

"你在哪里学的英语？"

"在伯利兹学校，先生。"

"给我说说。"约翰逊说，"伯利兹的大学生是不是都很够劲儿？搂搂抱抱，亲亲嘴，感觉怎么样？那里是不是有很多花花公子？你遇到过司各特·菲兹杰拉德吗？"

"什么？"

"我是说，在学校那会儿是你这辈子最快活的日子吧？伯利兹去年秋天组了个什么样的队？"

"你在开玩笑吧，先生？"

"只是个小玩笑。"约翰逊说，"你是个非常好的姑娘。

1　此处原文为意大利语。

124

你不想和我玩玩吗？"

　　"噢，不，先生。"女服务员说，"需要我为你拿点什么来吗？"

　　"是的。"约翰逊说，"能把酒单给我吗？"

　　"好的，先生。"

　　约翰逊拿起酒单走到三个搬运工的桌子旁。他们抬头看着他。这都是些上了年纪的人。

　　"各位喝酒吗[1]？"他问。其中一个点点头，笑了。

　　"是的，先生。"

　　"你会说法语？"

　　"是的，先生。"

　　"我们喝点什么呢？你懂香槟吗？"

　　"不，先生。"

　　"应该了解一下。"约翰逊说，"小姐[2]。"他招呼女服务员。"我们要来点儿香槟。"

　　"你想要哪种香槟，先生？"

　　"最好的。"约翰逊说，"哪种最好？"他问行李搬运工。

　　"最好的？"最先开口说话的那个搬运工问。

　　"当然。"

　　那搬运工从外套口袋里取出一副金边眼镜戴上，开始研究酒单。他的手指在四行打印出来的酒名和价格上划过。

1　此处原文为德语。

2　此处原文为德语"Fraulein"。

"运动员牌。"他说，"运动员是最好的。"

"你们同意吗，先生们？"约翰逊问其他搬运工。一个点点头。另一个用法语说："我本人不了解香槟，但经常听人说起运动员。是好酒。"

"一瓶运动员。"约翰逊对女服务员说。他看看酒单上的价格，十一瑞士法郎。"来两瓶吧。介意我和你们坐在一起吗？"他问推荐运动员牌的搬运工。

"坐。请坐下来。"那行李搬运工冲他笑着。他收起眼镜，放回眼镜盒里收起来，"今天是先生的生日吗？"

"不。"约翰逊说，"不是什么值得庆祝的日子。我妻子决定和我离婚了。"

"这样啊，"搬运工说，"真希望事情不是这样。"另一个搬运工摇着头。第三个行李搬运工看起来好像聋了一样。

"这一定不是什么新鲜事吧。"约翰逊说，"就像第一次看牙医，或者是女孩子第一次不舒服，可我一直心烦。"

"可以理解。"最老的那个搬运工说，"我明白。"

"你们几位先生都没离过婚吧？"约翰逊问道。他不再开玩笑地说各种语言，而是讲起了地道的法语，讲了有一会儿了。

"没有。"选了运动员香槟的搬运工说，"在这里，人们不常离婚。有的先生会离婚，但不常见。"

"那跟我们还真是不一样，"约翰逊说，"事实上，我们那儿几乎每个人都离过婚。"

"一点不假。"搬运工赞同，"我在报纸上看到过。"

"我已经算是不太赶得上潮流的了。"约翰逊继续说，"这是我第一次离婚。我三十五岁了。"

"你还年轻。"搬运工向另外两个人解释，"这位先生刚刚三十五岁。"另两人点着头。"他还很年轻。"其中一个说。

"这真的是你第一次离婚吗？"搬运工问。

"千真万确。"约翰逊说，"小姐，请开一下酒。"

"得花不少钱吧？"

"一万法郎。"

"瑞士法郎？"

"不，法国法郎。"

"噢，是的。两千瑞士法郎。不管怎么说，不便宜。"

"是啊。"

"那为什么会这样？"

"因为一方提出来了。"

"但他们为什么要提出离婚？"

"好去和别的人结婚。"

"可这也太蠢了。"

"我同意。"约翰逊说。女服务员斟满四个玻璃杯。他们一起举起杯子。

"为健康干杯[1]。"约翰逊说。

---

1 此处原文为德语。

"祝你健康，先生。"搬运工说。另外两个人说的是"祝好"。这香槟喝着像是粉红苹果酒。

"在瑞士是不是有个规矩，一定要用另一种语言来回话？"约翰逊问。

"不。"搬运工说，"法语更优雅些。再说了，这里是瑞士的法语区。"

"可你会说德语？"

"是的。我来的地方人们都说德语。"

"我明白了，"约翰逊说，"你说你从来没有离过婚？"

"没有。这事儿太费钱。再说我还没结婚呢。"

"啊。"约翰逊说，"那这两位先生呢？"

"他们结婚了。"

"你喜欢结婚的状态吗？"

"是的。这是正常的。"

"的确。"约翰逊说，"你怎么看，先生？"

"还好。"另一个搬运工说。

"对我来说，"约翰逊说，"这可不好。"

"先生要离婚了。"第一个搬运工解释说。

"噢。"第二个搬运工说。

"啊哈。"第三个搬运工说。

"好啦，"约翰逊说，"这话题好像没什么意思。你们对我的麻烦不感兴趣。"他对第一个搬运工说。

"只不过……也是。"那个搬运工说。

"好吧，我们来聊聊别的事。"

"如你所愿。"

"我们能聊点什么呢？"

"你做运动吗？"

"不。"约翰逊说，"不过，我妻子做。"

"你都有什么消遣呢？"

"我是个作家。"

"这工作赚钱多吗？"

"不多。可要是出了名，就能赚大钱了。"

"很有意思。"

"不，"约翰逊说，"这没什么意思。抱歉，先生们，我
得走了。你们不介意把另一瓶也喝了吧？"

"可火车还要三刻钟才来呢。"

"我知道。"约翰逊说。女服务员走过来，他结清了他的
晚餐钱和酒钱。

"先生，你要出去吗？"她问。

"是的，"约翰逊说，"去外面走走。行李留在这里。"

他围上围巾，套上外套，戴好帽子。外面雪下得很大。他
回过头，看见窗户里那三个行李搬运工，他们还坐在桌边。女
服务员正把开了瓶的酒都倒在他们杯子里。没开的那瓶被她拿
回了吧台。这样他们每人能得差不多三个法郎，约翰逊想着。
他转过身，沿着站台走去。在咖啡馆里时，他本以为聊聊这事
能好受些，可这并没有让他好受，只让他更烦躁了。

第三部
资深会员的儿子在特里泰[1]

特里泰的车站咖啡馆里有点太热了，灯光明亮，桌子被磨得发亮。椒盐脆饼外面包着光亮的纸包，装在篮子里放在每张桌上，桌面上还备着硬纸板的啤酒杯垫，免得起雾的杯子在桌面上留下一圈圈水印。椅子上都有雕花，但座位已经旧了，很舒服。一面钟挂在墙上，屋子另一头有一个吧台，窗外正下着雪。钟下方的桌子边，一位老人正喝着咖啡读晚报。一名行李搬运工走进来，说辛普朗号东方快车在圣莫里斯晚点了一个小时。女服务员走到哈里斯先生的桌边。他刚吃完晚餐。

"先生，列车晚点一个小时。我能为你拿些咖啡来吗？"

"如果你愿意的话。"

"拜托，可以吗？"女服务员问。

"好吧。"哈里斯先生说。

"谢谢你，先生。"女服务员说。

她从厨房里端出咖啡，哈里斯先生加了点糖，用他的勺子把糖块碾碎，眼睛望着窗外，站台的灯光下，雪正纷纷扬扬飘落。

"除了英语，你还会说其他语言吗？"他问女服务员。

1　瑞士蒙特勒市下辖的一个居住区，位于日内瓦湖畔。

"噢，是的，先生。我会说德语、法语和一些方言。"

"你最喜欢哪个？"

"它们全都一样，先生。我说不好更喜欢哪一种。"

"你想喝点什么吗，要不来杯咖啡？"

"噢，不，先生，我们不能在店里和客人一起喝东西。"

"不来支雪茄？"

"噢，不，先生。"她笑道，"我不抽烟，先生。"

"我也不抽，"哈里斯先生说，"我可不喜欢大卫·贝拉斯科[1]。"

"什么？"

"贝拉斯科。大卫·贝拉斯科。你总能认出他来，因为他老是把领子立起来。但我不认同他。再说了，他也已经死了。"

"不好意思，先生，我可以走了吗？"女服务员问。

"当然。"哈里斯说。他坐在椅子里，身体前倾，望着窗外。屋子那一头，老人已经把报纸叠了起来。他看了眼哈里斯先生，端起咖啡和碟子，走到哈里斯的桌旁。

"请原谅，打搅你了，"他用英语说，"不过我刚想到，你应该是国家地理学会[2]的会员吧。"

1　大卫·贝拉斯科（David Belasco, 1853—1931）：美国剧作家、导演、戏剧和歌剧制作人，首次将《蝴蝶夫人》改编并搬上舞台，在戏剧形式、舞台灯光与特效方面做出诸多创新。因为喜欢穿黑色衣服，佩戴教士常用的硬质立领圈，他也被称为"百老汇主教"。

2　即National Geographic Society（NGS），学会创建于1888年，总部位于美国华盛顿特区。出版有《国家地理》杂志。

"请坐。"哈里斯说。那位绅士坐了下来。

"想再叫杯咖啡吗？或者来点儿甜酒？"

"谢谢你。"那绅士说。

"干吗不和我一起喝点樱桃酒呢？"

"也许吧。但一定要让我请客。"

"不，我来请你。"哈里斯招呼女服务员。老先生从外套内袋里掏出一个皮夹子。他解下上面的宽皮筋，抽了几张纸片出来，挑出一张，递给哈里斯。

"这是我的会员证。"他说，"你知道美国的弗雷德里克·J. 鲁塞尔吗？"

"恐怕不太知道。"

"我确信他很有名气。"

"他是哪里人？你知道是哪个州吗？"

"当然是华盛顿州。学会总部不就在那里吗？"

"我想是的。"

"你想是的。你不确定？"

"我出国已经很长时间了。"哈里斯说。

"那你不是会员？"

"不是。不过我父亲是。他许多年前就是会员了。"

"那他一定知道弗雷德里克·J. 鲁塞尔。他是学会的官员之一。你能看到，鲁塞尔先生正是我的会员资格提名人。"

"这真是相当不错。"

"很遗憾，你不是会员。但是应该可以请你父亲帮忙提名吧？"

"我猜是吧。"哈里斯说，"一回去我就办这事。"

"我建议你这么做。"这位绅士说，"当然，你读那份杂志的吧？"

"肯定的。"

"你看过北美动物群的彩版那期吗？"

"是的。我在巴黎看的。"

"还有那期，有阿拉斯加火山全景图的？"

"那真是一大奇观。"

"还有乔治·希拉斯三世[1]的野生动物照片，我也非常喜欢。"

"拍得真他妈的好。"

"你说什么？"

"拍得棒极了。希拉斯这小子——"

"你叫他'小子'？"

"我们是老朋友了。"哈里斯说。

"我明白了。你认识乔治·希拉斯三世。他一定是个非常有意思的人。"

"是的。他大概是我所认识的人里面最有意思的一个。"

"那你认识乔治·希拉斯二世吗？他也很有趣吗？"

1　乔治·希拉斯三世 (George Shiras III, 1859—1942)，曾被《国家地理》杂志誉为"野生生物摄影之父"。下文的乔治·希拉斯二世为其父，曾是美国最高法院的陪审法官。在获得法官提名之前，他拥有三十七年的私人法律事务经验，但从未审过案。

"噢，他这人挺无趣。"

"我还以为他会是个非常有趣的人呢。"

"你瞧，这很好玩。他并不那么有趣。我也常常奇怪这是为什么。"

"嗯，"这绅士说，"我还以为他们家每个人都很有趣。"

"你记得撒哈拉沙漠的全景照吗？"哈里斯问。

"那期撒哈拉沙漠？那差不多得有五十年了吧。"

"是的。那是我父亲的最爱之一。"

"他不喜欢后来的那些吗？"

"或许也喜欢。可他特别喜欢撒哈拉的全景照。"

"那个非常好。但在我看来，它的艺术价值远远超过了科学趣味。"

"我不知道。"哈里斯说，"风吹起那大片的黄沙，阿拉伯人和他的骆驼跪倒在地，面朝麦加。"

"我记得，那个阿拉伯人是站着的，牵着他的骆驼。"

"你说得对极了。"哈里斯说，"我岔到劳伦斯上校[1]的书上去了。"

"我想，劳伦斯的书里写的是阿拉伯。"

"当然。"哈里斯说，"就是那个阿拉伯人让我想到这个的。"

---

1 这里指的是T. E. 劳伦斯（Thomas Edward Lawrence, 1888—1935），即"阿拉伯的劳伦斯"（Lawrence of Arabia），英国考古学家、陆军军官和外交官，以其在西奈和巴勒斯坦战役以及阿拉伯人反抗奥斯曼土耳其斗争中的作为而闻名，著有多部相关著作。

"他一定是个非常有趣的年轻人。"

"我猜也是。"

"你知道他现在在做什么吗？"

"他在皇家空军里。"

"可他为什么去干那个？"

"他喜欢吧。"

"你知不知道，他是国家地理学会的会员吗？"

"我很怀疑。"

"他会是个非常棒的会员。他就是他们想要的那种会员。我会很乐意提名他的，要是你也认为他们想吸纳他的话。"

"我猜他们会的。"

"我已经提名了一个从沃韦来的科学家，还有我的一位同事，沃桑人。他们俩都入选了。我相信，如果我来提名劳伦斯上校的话，他们会非常乐意接受的。"

"这真是个好主意。"哈里斯说，"你经常来这家咖啡馆吗？"

"吃过晚饭就来，喝杯咖啡。"

"你在大学里工作？"

"我已经不上班了。"

"我刚才正在等火车。"哈里斯说，"要去巴黎，然后从勒阿弗尔[1]坐船到美国。"

1　法国北部港口城市。

"我从来没去过美国。但我很想去。也许什么时候我该去参加一次学会的会议。我会很高兴认识你父亲的。"

"我肯定他也会很高兴的，可他去年已经过世了。开枪自杀的。很奇怪。"

"实在是非常抱歉。我相信，他的去世对于科学界和他的家庭都是一大损失。"

"科学界对这事倒是接受得好极了。"

"这是我的名片。"哈里斯说，"他的首写字母是E. J.，不是这上面的E. D.。我知道，他会很高兴认识你的。"

"那一定是莫大的快乐。"绅士从皮夹子里拿出一张名片，递给哈里斯。上面写着：

```
西吉斯蒙德·怀尔博士    哲学博士
      国家地理学会会员
      华盛顿特区，美国
```

"我会好好保存的。"哈里斯说。

A Natural History of the Dead
死亡博物志

在我看来，战争始终是被博物学者忽视的领域。我们有了已故W. H.哈德森[1]的巴塔哥尼亚物种统计，翔实迷人；吉尔伯特·怀特牧师[2]留下了戴胜鸟偶然造访塞耳彭的有趣记录，难得一见；斯坦利主教[3]带来的《鸟类日常实录》，浅近却珍贵。那么，关于死亡者，难道就不能为读者提供一些有意思的客观真相吗？我希望能行。

蒙戈·帕克[4]，那坚忍的旅行者，一度迷失在非洲沙漠的茫茫荒野，两手空空，虚弱孤独。就在他觉得时日无多，除了躺下等死似乎再没指望的时候，一朵小苔藓花出现在眼前，美得异乎寻常。"虽然整株植物还没有我的手指大，"他

1　W. H. 哈德森（W. H. Hudson, 1841—1922），作家、博物学者、鸟类学家。生于阿根廷，后移居英国。海明威在《太阳照常升起》中曾提到过他的著作《紫色大地》（The Purple Land）。

2　吉尔伯特·怀特（Reverend Gilbert White, 1720—1793）是一名牧师兼博物学者，出生于英国汉普郡，被誉为现代生态学鼻祖，主要著作有《塞耳彭自然史》。

3　斯坦利主教（Bishop Stanley, 1779—1849），全名Edward Stanley，曾任诺维奇教区主教，著有博物学著作《鸟类日常实录》（Familiar History of Birds）。

4　蒙戈·帕克（Mungo Park, 1771—1806），苏格兰著名探险家，被认为是第一个考察尼日尔河的西方人。下文引用来自他的著作《非洲腹地旅行记》（Travels in the Interior of Africa）。

说，"我却不能不满怀敬意，凝视它纤弱却精妙的形体，它的根、它的叶子、它的孢子囊。在这荒凉的世界一隅，上帝尚且撒下了一颗微不足道的种子，浇灌它，让它生长得如此完美，难道反而会漠视依照自己模样创造出的生命，罔顾他们的困境和痛苦吗？当然不。想到这里，绝望消失了，我振作精神，不理会饥饿疲累，继续向前走，坚信曙光就在眼前——我没有失望。"

正如斯坦利主教所说，信仰、爱与希望是每个人在穿越人生荒野时都少不了的，如果不像这样依赖它们，只凭着同样的热爱与求知欲，能否完成对博物学某个领域的探索呢？看看从死亡者身上能得到什么启示吧。

死于战争的多半是男性——动物除外，我就常常看到死去的母马。战争的另一个有趣之处是，只有在这里，博物学者才有机会观察到死骡子。在长达二十年的平常生活中，我从未见过一头死骡子，几乎开始怀疑这些动物是不是真的会死。偶尔几次，我以为看到了，靠近后才发现它们不过是睡得太熟。但在战场上，这些动物和通常不那么皮糙命硬的马也没什么区别，照样大批死去。

我亲眼看到，大部分死骡子要么躺在山路旁，要么被推到陡坡下免得挡了路。它们与群山浑然一体，毫不突兀，和后来在士麦那[1]的情形大不一样。在那里，希腊人敲断他们所有负

---

1 Smyrna，今伊兹密尔，土耳其西部港口城市。

重牲口的腿，将它们从码头上推到浅海里淹死。无数断腿骡马溺毙在浅海中，仿佛正呼唤戈雅[1]前来作画。说实在的，很难说它们呼唤的是某个戈雅，毕竟戈雅只有一个，还死了很久了。我也很怀疑，要是这些牲口真能说话，与其找个人赶来画下自己的惨状，倒更可能期待某位能够解救它们出苦海的人吧。

　　说到死亡者的性别，习惯了男性死者的人一旦看到死去的女子，必定大受震撼。我头一回遇到这种情形，是在一次军工厂爆炸后。军工厂位于意大利米兰近郊，我们坐着卡车前往事故现场，沿途白杨蔽日，路边沟渠里许多小生命正鲜活热闹，但卡车扬起漫天尘土，让我没法看个究竟。到了原本是军工厂的地方后，一些人被派去巡查军火库存，数目不少，侥幸没有爆炸。其他人则尽力扑灭蔓延到旁边草地上的火。火扑灭后，我们受命开始收殓现场一带的尸体。尸体很多，都被抬到了临时搭建的停尸房里。死者全是女性，不是男人。不得不承认，这个发现让我震惊。不像若干年后的欧洲和美国，当时剪短发的女人还很少。也许是太不习惯的缘故，最让人不安的便是那一头头长发，更揪心的，是偶尔找寻不见的长发。我记得，彻底搜寻过完整尸体后，我们开始收集碎尸。其中很多都是被工厂外围的冰冷铁丝刺网撕碎的。我们在残存的防护

1　戈雅（Goya，1746—1828），西班牙浪漫派画家，被誉为最后的古典大师和第一个现代大师。

网上找到了许多，很明显，只有非常剧烈的爆炸才能拥有如此力道。还有不少尸块在很远的田野里被找到，自重让它们飞得更远。

返回米兰的路上，同伴中有一两个人聊了起来，觉得这事简直不像是真的，若不是没有伤者，整个灾难应该会可怕得多。事情发生得太突然，死人安安静静，善后处理的不愉快降到了最低，这些都和通常的战场经验完全不同。尽管尘土飞扬，在美丽的伦巴第乡野穿行仍然令人心胸为之一畅，这多少冲淡了几分钟前的不适。交换了各自的感受后，所有人都庆幸不已，我们到达前曾有火势突起，还好被及时控制住了，没有波及看起来数量庞大的幸存军火。何况收殓碎尸的经历实在是非同寻常——剧烈的爆炸竟然会把人的身体像那样撕开，支离破碎，完全不符合解剖学原理，简直不可思议。

为获得精确的观察结果，博物学者往往会先限定一个观察范围，而我将从1918年6月奥地利在意大利战线发起的进攻说起。这是意大利伤亡最惨重的战役之一，军队被迫撤退，随后又夺回失地，战斗结束后，一切看似没有改变，只除了遍地死尸。入土前，尸首每天都在发生变化。那些高加索人的肤色从白到黄，再到黄绿色、黑色。大热天里，如果把它们扔在一边不理的话，最终人体组织会变得好像煤焦油一样，伤口更是泛起焦油般的明显彩虹光泽。尸首会一天天胀大，直到被身上的制服箍住，撑到几乎爆开。有的尸体腰身肿胀到不可思议，脸也鼓得像个气球。除了不断胀大之外，同样令人惊讶的是散落在尸体周围的大量纸片。被掩埋前，尸首的最终姿态取决于制服上口袋的位置。奥地利军队的制服口袋位于军裤臀部，因此，要不了多久，所有阵亡者都会变成脸朝下趴着的模样，两个后裤袋翻出，所有原本塞在口袋里的纸张都散落在草地上。高温、苍蝇、草地上指标性的尸体姿态和四散的纸片糅合成一种难以磨灭的印象。暑热天的战场气息很难重现。你只是记得有这么一种味道，但坐在车上却再不会有这样的气味扑面而来，不会四下环顾后发现某个气味的源头。就如同逝去的爱情，你明明还记得发生过的事，却再也体会不到当时的感觉。

令人好奇的是，如果蒙戈·帕克，那坚忍的旅行者，身处暑热的战场，又会是什么来帮助他重建信心呢？六七月之交时，总有罂粟花点缀在麦田里，桑树枝繁叶茂，阳光透过枝叶投在枪管上，蒸腾的热浪清晰可见。芥子气弹的弹坑边缘，土地变成了明亮的黄色。平常的破烂房子总比经受过炮弹袭击的好。但在这样的初夏里，很少有旅行者能像蒙戈·帕克那样，深吸一口气，生出任何类以上帝造人如己的念头。

死得真惨，和动物没什么分别。这会是你看到死者时的第一感觉。有人因为一处小伤就转眼丢了性命，那伤口乍看起来连兔子都杀不死。可这小伤口偏偏要了他们的命，就像兔子有时被三四颗仿佛皮都打不破的小霰弹要了命一样。也有人死得像猫——头骨被打穿，弹壳钻进脑子里，还能躺着活上两天。头部中弹后爬进煤仓的猫就是这样，除非你砍下它们的头，否则它们就不会死去。说不定猫还是没死，都说它们有九条命，天晓得。但大部分人都死得像动物，不像人。我从没见过所谓的"自然死亡"，所以将这一切都归咎于战争。然而，诚如蒙戈·帕克，那坚忍的旅行者，知道还有其他存在一样，总有些东西是你还没有看到的。后来，我见到了一个。

除了还不算太糟糕的失血之外，我见过的唯一一例自然死亡来自西班牙流感。病人溺死在黏液中，无法呼吸。知道他们死去时是什么样子吗？就算拥有男子汉的力量，到最后，他也会变得像个柔弱的小孩，在他死后，床单就像湿透了的尿布，大摊黄色液体滴滴答答地淌下来。现在，我感兴趣的是，一个自诩人文主义者的家伙会怎样死去。因为像蒙戈·帕克那样坚忍的旅行者和我都还活着，或许还能活着亲眼看到这些冠冕堂皇的家伙死亡的情形，见识到他们的优雅退场。当像博物学者那样沉思时，我意识到，礼仪自然是天大的好东西，但只要物种繁衍还在继续，就一定会有些不那么得体的东西存在，毕竟繁衍本身就注定是不雅的，非常不雅。我不由猜测，也许他们正是，或曾经如此不雅，这些"高雅同居生活"之子。不管他们是怎么来到人世的，我只想亲眼见证几例死亡的情形，探究一下，既然他们尊奉的圭臬已化为尘土，一切欲望都藏进了脚注，这些可怜的家伙又如何熬过那久旱枯干的荒原？

在一篇死亡博物志中探讨这些自诩的文明人大概也算合理，哪怕到这篇作品出版时这种标榜还是没有意义。但对其他死者来说，这不公平。他们并不想年纪轻轻就死去，也从没拥有过什么杂志，毫无疑问，很多人也不曾读过哪怕一篇评论文章，到被发现时，只有半品脱蛆虫正在原本是他们嘴的地方蠕动。人们并不总是死在大热天里。雨天很常见，雨水将尸体冲刷得干干净净，让土壤变得松软，有时持续大雨将土地化为一片泥泞，把土里的尸体又冲了出来，你不得不重新埋好它们。又或者，在冬季的深山里，你只能让死者留在雪中，等春天雪消冰融时，另外某个人不得已来埋葬他们。群山是美丽的墓园，山间的战斗是最漂亮的战争。在一个被称为帕科的地方，人们埋葬了一位将军，他被狙击手射穿脑袋，一枪毙命。就是那本名叫《将军们死在床上》[1]的书里写到的地方，但书名显然是起错了，因为这位将军死在了冰天雪地的战壕里，在高山之上，头戴插着老鹰羽毛的登山帽，额前是个连小指头都放不下的小孔，后脑勺上被开出了一个大洞，足够把拳头塞进去——如果你愿意这么做，拳头又不太大的话——雪地上殷红一片。他是个绝好的将军，冯·贝尔将军也是，他在卡波雷托战役中指挥巴伐利亚阿尔卑斯兵团，坐着指挥车一马当先冲进乌迪内，却被意大利殿后部队干掉了。如果我们要追求一点准确性的话，大概所有这类书都该要叫《将军们总是死在床上》了。

同样在山里，有时雪会落到救护站外的死者身上。救护站通常都有山体掩护，以防遭到炮弹袭击。人们赶在土地结冻

---

[1] *Generals Die in Bed*，加拿大作家查尔斯·耶鲁·哈里森以其个人在一战中的亲身经历为素材创作的反战主题小说。海明威在这里主要就书名展开讽刺。

前挖好洞，然后将死者抬进去。就在这个洞里，一个男人躺了一天，一夜，又一天……他的脑袋活像摔碎了的花盆，尽管脑膜还能把组织聚拢在一起，巧妙包扎好的绷带早已被浸透，凝得梆硬，但一片碎钢片却把他的脑子搅得一塌糊涂。担架员去找医生，请求他看看这名伤员。他们每次来去都能看见他，就算不看，也能听到他的呼吸声。医生两眼通红，眼皮浮肿着，被催泪瓦斯扎得几乎睁不开眼。他来看了这个男人两次，一次是白天，一次打着手电筒。对戈雅来说，这也会是一幅出色的版画，我说的是，打着手电筒看病号的画面。第二次过后，医生相信了担架员的话，这名士兵还活着。

"你们想要我做什么呢？"他问。

他们说不出来。但片刻之后，他们请求把这男人抬出去，和重伤员安置在一起。

"不。不。不！"医生说，他很忙。"怎么了？你们怕他吗？"

"我们不想在死人堆里听到他的声音。"

"那就别听。现在把他搬出去，回头还得再抬进来。"

"我们不在乎那个，上尉医官。"

"不。"医生说，"不。我说不，没听到吗？"

"为什么不给他些大剂量的吗啡？"一名炮兵军官问，他正等着包扎胳膊上的伤口。

"你觉得我手里的吗啡就是派这个用场的？你希望我开刀动手术时可以不用吗啡？你不是有枪吗，不如出去给他一枪。"

"他已经中枪了。"这名军官说，"如果是你们医生中枪，你就不会是这副样子了。"

"噢，真是谢谢你，"医生挥舞着一把镊子，叫道，"真是太谢谢你了。这眼睛是怎么回事？"他用镊子点了点，"你怎么弄成这副样子的？"

"催泪瓦斯。如果真是催泪瓦斯的话就算是走运了。"

"就为了离开前线，"医生说，"就为了跑来这里处理你所谓的催泪瓦斯。其实你不过是拿洋葱揉了眼睛而已。"

"胡说八道。但我不会在意你的冒犯。你疯了。"

担架员进来了。

"上尉医官。"其中一个开口。

"出去！"医生说。

他们走了出去。

"我会给那可怜的家伙一枪，"炮兵军官说，"我还算是个人，不会让他活受罪。"

"那就去，给他一枪，"医生说，"杀了他。做个有担当的人。我会出个报告，就说他在前线医疗站死于炮兵中尉的枪下。杀了他。去啊，杀掉他。"

"你简直不是人。"

"我的工作是照料伤者，不是杀了他们。那是炮兵营绅士们的工作。"

"那你为什么不照料他？"

"我已经做了，能做的都做了。"

“为什么不用缆车把他送下山？”

“你是谁？凭什么质问我？你是我的上司吗？是你在指挥这座救护站？行行好，回答我，谢谢。”

炮兵中尉没有说话。房间里其他人都是士兵，多一名军官也没有。

“回答我，”医生镊起一根针，说，“给我个答案。”

“操你——”炮兵军官骂道。

“噢，”医生说，“噢，你说的。很好，很好。那我们走着瞧。”

炮兵军官站起身，逼近医生。

“操你，”他说，“操你。操你妈。操你妹……”

医生突然抓起满满一碟碘酒泼到军官脸上。军官正逼上前来，不料眼前蓦地一黑，赶忙就去摸他的枪。医生敏捷地跳到他背后，伸脚绊倒他，趁他倒下时连揍了好几拳，手上套着橡胶手套，顺手拿走了他的枪。中尉坐在地上，用没受伤的那只手捂着眼睛。

“我要宰了你！”他大叫，“等着，我一看得到就宰了你。”

“我说了算。”医生说，“都过去了，你要明白是我说了算。你没法宰了我，你的枪在我手上。军士！副官！副官！”

“副官在缆车那边。”军士回答。

“去拿酒精和水帮这位军官洗洗眼睛。他把碘酒弄眼睛里去了。给我打盆水来洗手，我马上就来处理他的伤。”

“你别想碰我。”

"抓紧他。他有点糊涂了。"

一名担架员走了进来。

"上尉医官。"

"什么事？"

"停尸房那家伙——"

"出去！"

"死了。上尉医官。我猜你也许想知道一下。"

"看看？我可怜的中尉。我们白折腾一场。这是在打仗，我们为这事儿争吵根本没意义。"

"操你——"炮兵军官说，他还是看不见，"你把我弄瞎了。"

"没事。"医生说，"你的眼睛会好的。什么事都没有。毫无意义的争吵。"

"啊呀！啊呀！啊呀！"中尉突然高声尖叫起来，"你弄瞎我了！你弄瞎我了！"

"抓紧他。"医生说，"他太痛了。用力抓牢。"

Wine of Wyoming

怀俄明葡萄酒

那是在怀俄明，一个炎热的下午，群山远远矗立，你能看到山顶的积雪，可山下没有阴影。山谷里，庄稼地都黄了，路上车来车往，尘土飞扬，镇子外围的小木屋全都暴晒在阳光下。方丹家的后门廊上有一片树荫，我坐在桌边，方丹太太从地窖里拿出冰啤酒。一辆汽车拐下主路，沿着小路开过来，停在屋子边。两个男人下了车，穿过大门走进来。我把酒瓶放在桌子底下。方丹太太站起身来。

"山姆呢？"其中一个人站在纱门边问。

"他不在，到矿上去了。"

"有啤酒吗？"

"没有。啤酒都没了。那是最后一瓶。都卖光了。"

"那他喝的什么？"

"那是最后一瓶。卖光了。"

"得了吧，给我们拿些啤酒来。你认识我的。"

"没有啤酒了。那是最后一瓶。都喝光了。"

"走吧，我们去个能喝到正宗啤酒的地方。"他们中的一个说，他们出门上了车。其中一个走起来摇摇晃晃的。汽车颤抖着发动了，飞快转回路上，开远了。

"把酒拿到桌上来吧。"方丹太太说,"怎么啦,放心,没事了。怎么回事?别放在地板上喝呀。"

"我不知道他们是谁。"我说。

"他们喝醉了。"她说,"那才会惹麻烦呢。回头他们跑到其他地方去,却说是在这里喝的酒[1]。说不定他们压根就不记得了。"她说法语,可只偶尔冒几句,中间还夹着许多英文字眼儿和英语结构。

"方丹到哪儿去了?"

"酿葡萄酒去了。[2]噢,上帝啊,他是真的喜欢葡萄酒。"

"可你喜欢啤酒?"

"是的,我喜欢啤酒。可是方丹,他爱死葡萄酒了。"

她是个上了年纪的丰满妇人,面色红润可爱,头发雪白。人干净清爽,屋子也收拾得非常整洁。她是从朗斯[3]搬来的。

"你在哪里吃的饭?"

"旅馆里。"

"来这里吃。不要到旅馆或者餐馆去吃。来这里吃!"

"我不想麻烦你。大家都在旅馆吃,挺好的。"

"我从不在旅馆吃。也许他们在那里吃得挺好吧。我这辈子在美国只下过一次馆子。你知道他们给我什么吗?他们给我

---

1 美国于 1921 年至 1933 年间实行禁酒令,除医药用途外,酿制、贩卖、销售乃至饮用酒精饮品均为违法。

2 此处原文为法语。

3 法国北部城市,近比利时。

生猪肉！”

“真的？”

“不骗你。是没烧过的猪肉！我儿子娶了个美国人，结果只能吃罐头豆子。”

“他结婚多久了？”

“噢，上帝啊，我不知道。他妻子足有两百二十五磅重。不工作，也不做饭。就给他吃罐头豆子。”

“那她都做些什么？”

“她成天看书。什么都不干，就只看书。从早到晚，她就躺在床上看书。她已经不能再生孩子了。太胖了。肚子里没地方了。”

“她是怎么了？”

“就是整天看书。可他是个好孩子。工作努力。他以前在矿上上班，现在在农场里。以前他从来没在农场干过，可农场主跟方丹说，从没见过有谁比那小子干活更棒。可等他回家，她什么吃的都不给他做。”

“为什么不离婚呢？”

“他没钱离婚。再说了，他很喜欢她。”

“她漂亮吗？”

“他觉得漂亮。他带她回家时，我都快死过去了。他是这么棒的好小伙，工作一直很努力，从来不胡乱游逛，也不惹麻烦。后来他到油田工作，却带回了这个印第安人，那会儿她就起码有一百八十五磅了。”

"她是印第安人？"

"是印第安人也就算了。是啊，我的上帝。她满嘴都是'婊子养的、该死的'。还不工作。"

"那她这会儿在干吗？"

"看戏。"

"干什么？"

"看戏。看电影。她不是看书就是看戏。"

"还有啤酒吗？"

"天哪，是的。当然。你今晚过来，一起吃饭吧。"

"好啊。我该带点儿什么来？"

"什么都不用带。什么都别带。说不定方丹能拿些葡萄酒出来。"

那天晚上，我在方丹家吃的晚饭。我们在餐厅吃饭，桌上铺着干净的桌布。我们试了新酿的酒。酒还很轻，清爽，味道不错，还尝得出葡萄的味道。一起吃饭的有方丹、方丹太太和那个小男孩，安德烈。

"你今天都忙什么了？"方丹问。他是个老人家了，小个子，身体已经被矿上的活儿拖垮了，一把灰胡子垂下来，眼睛明亮，从圣艾蒂安[1]附近的中央大区来。

"忙我的书。"

1　法国中东部城市。

"你的书没事吧？"方丹太太问。

"他的意思是，他像作家一样在写书。噢，真浪漫。"方丹解释道。

"爸，我能去看戏吗？"安德烈问。

"当然。"方丹说。安德烈转向我。

"你猜我多大了？是不是看着只有十四岁？"他是个瘦小的男孩，但脸看起来有十六岁了。

"是啊。你看起来差不多就十四岁。"

"我去看戏时，就像这样蹲下来一点，能显得小一些。"他的声音很尖，正在变声。"要是给他们二十五美分，他们就全收下，可要是只给十五美分，他们也会让我进去。"

"那我就只给你十五美分。"方丹说。

"别。还是给我一个二十五美分吧。我会在路上把它找开的。"

"他一看完戏就会回来的。"方丹太太说。

"我很快就回来。"安德烈走出门。晚上外面很凉快。他开着门，让凉风进来。

"吃点儿！"方丹太太说，"你还什么都没吃呢。"我已经吃了两份鸡肉配法式炸土豆，三个甜玉米，一些黄瓜片，还有两份沙拉。

"也许他想来点儿蛋糕。"方丹说。

"我应该为他准备点蛋糕的。"方丹太太说，"吃点奶酪。尝尝这个奶油奶酪。你还什么都没吃呢。我该准备些蛋糕的。美国人就爱吃蛋糕。"

"我吃了不少了。"

"多吃点儿！你还没吃什么呢。全吃了。我们可不剩东西。全吃光。"

"再吃点沙拉吧。"方丹说。

"我再拿些啤酒来。"方丹太太说，"你要是在书厂工作了一整天，肯定很饿了。"

"她不知道你是作家。"方丹说。他是个细心的老头儿，会说俚语俗话，知道19世纪90年代的流行歌，那时候他在服兵役。"他自己写书。"他对太太解释。

"你自己写书？"太太问。

"有时候。"

"噢！"她说，"噢！你自己写。噢！对，写书也会饿的。多吃点儿！我去拿啤酒。"

我们听见她走下楼梯往地窖去了。方丹冲我微笑着。对于不如他老到世故、没他见识广的人，他非常宽厚。

安德烈看完戏回来时，我们还坐在厨房里，正在聊着打猎的事。

"劳动节我们都去克里尔溪[1]了。"方丹太太说，"噢，我的上帝，你也应该去的。我们都去了，开卡车。人人都坐卡车去。我们星期天动身。是查理的卡车。"

---

1 美国科罗拉多州州立公园，位于杰斐逊县。

"我们又吃又喝，他们喝葡萄酒、啤酒，还有个法国人带了苦艾酒。"方丹说，"一个加利福尼亚来的法国人！"

"上帝啊，我们还唱歌呢。有个农民过来看出了什么事，我们叫他一起喝，他和我们待了一阵子。一些意大利人也来了，也想和我们一起。我们唱了一首关于意大利人的歌，他们却听不懂。他们不明白，我们不想和他们一起，我们和他们没什么交道可打，没多久他们就走了。"

"你钓到了多少鱼？"

"几乎没有。我们只钓了一小会儿鱼，接着就回来继续唱歌了。你知道，我们唱歌。"

"到夜里，"方丹太太说，"女人都睡在车上。男人睡在火堆旁。半夜我听到方丹过来，又拿了些酒，我对他说，方丹，我的天哪，留点儿明天喝吧。等到第二天没东西喝时，他们就会后悔的。"

"可我们都醉了，"方丹说，"第二天什么都没剩下。"

"那你们怎么办呢？"

"我们就专心钓鱼了。"

"很好的鳟鱼，还不错，是的。上帝啊，是的。全都一样，半磅一盎司一条。"

"多大？"

"半磅一盎司。吃起来最合适。都是一样大小，半磅一盎司。"

"你喜欢美国吗？"方丹问我。

"这是我的国家，你知道的。我喜欢它，因为这是我的祖国。不过吃得不怎么样。以前还行。可现在，不行咯。"

"是啊，"方丹太太说，"吃得不好。"她摇摇头，"而且波兰人太多了。我小时候，妈妈总说，'你吃得像波兰人一样。'我一直不懂波兰人是什么样。可现在，到了美国，我明白了。波兰人太多了。而且他们脏兮兮的，那些波兰人。"

"打猎钓鱼还是不错的。"我说。

"是的。这个嘛，这个是最棒的。钓鱼和打猎。"方丹说，"你的来复枪是什么样的？"

"点12口径连发的。"

"这个好，连发的。"方丹点点头。

"我想自己去打猎。"安德烈用他尖细的小男孩声音说。

"现在还不行。"方丹说。他转向我。

"都野了，这些男孩，你知道的。他们都野着呢。他们恨不得能互相开枪。"

"我想一个人去。"安德烈说，声音很高，很激动。

"不行，"方丹太太说，"你还太小了。"

"我想要自己一个人去。"安德烈尖声说，"我想去打水耗子。"

"水耗子是什么？"我问。

"你不知道？你肯定知道的。他们管麝鼠叫水耗子。"

安德烈从碗柜里拿出一把点22口径的来复枪，端在手上，站在灯下。

"他们都野了。"方丹解释说，"他们就巴不得互相开枪呢。"

"我想自己去。"安德烈尖叫道。他拼命冲着枪筒瞄着。"我要打水耗子。我对水耗子可熟了。"

"把枪给我。"方丹说。他又跟我解释了一次。"他们都野了。他们会互相开枪的。"

安德烈紧紧抓着枪。

"看看可以。这没关系。看看可以的。"

"他迷上打猎了。"方丹太太说，"可他还太小了。"

安德烈把那支点22口径的来复枪放回柜子里。

"等我大了，也要去打麝鼠，还有长腿大野兔。"他用英语说，"有一次，我和爸爸一起出去，打一只野兔，他只擦到一点边，是我开枪打中的。"

"那倒是真的。"方丹点头，"他打死了一只野兔。"

"但是他先打中的。"安德烈说，"我想自己来一次，全靠自己打。明年我就可以了。"他走到一个角落，坐下来开始看书。吃过晚饭进厨房时，我也拿起那本书翻过。那书是从图书馆借来的，名字叫《弗兰克在炮艇上》[1]。

"他喜欢看书。"方丹太太说，"不过总比大晚上和其他男孩出去乱晃，去偷东西要好。"

1　美国青少年读物作家哈里·卡斯特蒙（Harry Castlemon, 1842—1915）的作品，发表于1864年，是弗兰克系列作品之一。

"看书挺好的。"方丹说,"先生他也写书。"

"是的,是这样,没错。但书看太多了就不好了。"方丹太太说,"在这里,太多了就会有问题,这些书。就像教堂一样。这里的教堂太多了。法国只有天主教堂和新教徒——非常少的新教徒。可这里,除了教堂,什么也没有。我刚来这里的时候就说,我的上帝啊,这些教堂都是干吗用的?"

"的确。"方丹说,"教堂太多了。"

"有一天,"方丹太太说,"一个法国小女孩和她妈妈一起来这里,她妈妈是方丹的表妹。她对我说,'美国人肯定不会是天主教徒。当天主教徒没好处。美国人不愿意你变成天主教徒。就跟禁酒令一样。'我对她说,'那你想怎么办?嗯?如果你是天主教徒,那最好就还是当个天主教徒。'可她说,'不,在美国当天主教徒一点儿好处都没有。'可我总觉得,如果你本来就是,那还是当个天主教徒的好。改变信仰可不是什么好事。上帝啊,不是好事。"

"你现在还去望弥撒吗?"

"不。在美国我不去,偶尔去一回,隔好长时间。可我还是天主教徒。改变信仰没好处。"

"据说施密特[1]是天主教徒。"方丹说。

"传说而已,你永远不知道实情。"方丹太太说,"我不觉

---

1 即阿尔·史密斯(Al Smith, 1873—1944),美国政治家,曾四次出任纽约州州长,于1928年以民主党候选人的身份参与总统竞选,是第一位竞选美国总统的天主教徒。

得施密特是天主教徒。美国就没几个天主教徒。"

"我们是天主教徒。"我说。

"当然。可你住在法国啊。"方丹太太说，"我不觉得施密特是天主教徒。他在法国住过吗？"

"波兰人都是天主教徒。"方丹说。

"那倒是。"方丹太太说，"他们上教堂，然后在回家的半路上就拔出刀来打打杀杀，整个礼拜天都在互相砍杀。他们不是真正的天主教徒。他们是波兰天主教徒。"

"所有天主教徒都是一样的。"方丹说，"每个天主教徒都和其他天主教徒一样。"

"我不相信是施密特是天主教徒。"方丹太太说，"他要是天主教徒的话就太可笑了。我，我才不信。"

"我是天主教徒。"我说。

"施密特是天主教徒。"方丹太太沉吟道，"我才不信呢。我的上帝，我可是天主教徒。"

"玛丽，去拿点啤酒过来。"方丹说，"先生渴了，我也一样。"

"噢，好的。"方丹太太在隔壁屋里说。她走下楼梯，我们听到楼板发出嘎吱嘎吱的声音。安德烈坐在角落里看书。方丹和我坐在桌边，他把最后一个瓶里的啤酒倒进我俩的玻璃杯，瓶底里只剩下一点儿。

"这国家是个打猎的好地方，"方丹说，"我真喜欢打鸭子啊。"

"可法国打猎也很不错。"我说。

"一点不假。"方丹说，"我们那儿野味很多。"

方丹太太上来了，手里拿着啤酒。"他是天主教徒，"她说，"我的上帝啊，施密特是天主教徒。"

"你觉得他能当上总统吗？"方丹问。

"不。"我说。

第二天下午，我开车去方丹家，穿过镇上的树荫，开过满是尘土的大路，再转上小道，把车停在栅栏边。又是炎热的一天。方丹太太来到后门边。她看起来挺像圣诞老太太的，干净，红脸，白发，走起路来一摇一晃。

"上帝啊，你好。"她说，"天真热，我的上帝啊。"她回身到屋里去拿啤酒。我在后廊上坐下，透过纱帘和高温下的树叶，望着远处的山脉。棕褐色的山脉表面沟壑纵横，有三座山峰和一挂积雪的冰川，透过树叶也能看得到。雪那么白，那么纯净，简直不像真的。方丹太太走出来，在桌上放下酒瓶。

"你看什么呢？"

"雪。"

"那雪啊，很漂亮。"

"一起喝一杯吧。"

"好啊。"

她在我旁边的椅子上坐下。"施密特，"她说，"要是他当了总统，你觉得我们能喝上葡萄酒和啤酒吗？"

"一定能的。"我说，"相信施密特。"

"他们抓方丹时，我们已经付了七百五十五美元的罚款了。警察抓了我们两次，政府抓了一次。方丹在矿上赚的钱，我洗衣服赚的钱，我们所有的钱都付掉了。他们把方丹抓到监狱里。他从没伤害过别人。"

"他是个好人。"我说，"他们那样才是犯罪。"

"我们没有多赚钱。葡萄酒一块钱一升。啤酒十分钱一瓶。我们从来不卖没酿好的啤酒。好多地方把刚刚酿起的酒拿出来卖，喝过的人都会头疼。可这有什么用？他们把方丹抓进监狱，还拿走了七百五十五美元。"

"真是坏透了。"我说，"方丹到哪里去了？"

"他在照看葡萄酒。他得守着，防备出问题。"她微笑道。不再去想那笔钱了。"他太喜欢葡萄酒了，你知道的。昨晚他带了一点回家，就是你喝的那种，还太新了一点。是最近新酿的。还没好，可他还是喝了一点，今天早晨他又放了一点到他的咖啡里。你相信吗，加到咖啡里！他太喜欢葡萄酒了。他爱这个。他老家那边就喝这个。我住在北部，我们不喝葡萄酒。人人都喝啤酒。我们家旁边就有个大啤酒厂。我还是小姑娘的时候，很不喜欢货车上啤酒花的味道。地里长着的也不喜欢。不喜欢，我的上帝啊，一点也不喜欢。酒厂老板对我和我妹妹说，去厂里尝尝新鲜啤酒。从那之后，我们就爱上啤酒花了。真的。那之后我们就喜欢了。他叫他们给我们啤酒喝。我们喝过就喜欢上啤酒了。可方丹，他就爱葡萄酒。有一次他打了一只长耳大野兔，想让我用葡萄酒调的酱汁来烧，一种黑色的酱汁，葡萄酒、黄油、蘑菇、洋葱，什么都往里面放，用来烧兔子。我的天哪，我做出了那种酱汁，他全吃掉了，还说，'酱比兔子肉还好吃。'在他家乡，他们就这么吃。那里葡萄酒也多，野味也多。至于我，我喜欢土豆、香肠，还有啤酒。很棒，啤酒很棒。有益健康。"

"是很棒。"我说，"啤酒和葡萄酒都好。"

"你和方丹很像。可这个地方有件事，是我以前从没见过的。我想你也没见过这种事。有美国人来这里，他们把威士忌往啤酒里掺。"

"天哪。"我说。

"是啊。我的老天，是的，是真的。有个女人直接吐在桌子上！"

"什么？"

"真的。她就吐在桌子上。后来还吐到我的鞋子上。过后他们回来，说还想再来，想在下一个周六再办一次聚会，我说，不行，上帝啊，不！他们来的时候，我把门锁了。"

"他们一喝醉就乱七八糟。"

"冬天的时候，小伙子都要去跳舞，他们开车过来，停在外面，跟方丹说，'嘿，山姆，卖瓶葡萄酒给我们吧'，要不就买啤酒，接下来他们就从口袋里掏出一瓶私酿威士忌，掺进去。我的上帝啊，那是我这辈子头一次看到这种事。把威士忌加进啤酒里。我的上帝啊，我真是搞不懂。"

"要不吐一场，他们就不知道自己喝醉了。"

"有一次，一个小伙子过来找我，说想要我帮他们做一顿大餐，他们要喝上一两瓶红酒，等女孩来了，就一起去跳舞。我说，好吧。于是我就做了一顿丰盛的晚餐，他们来的时候已经喝了不少了。接着，他们就把威士忌倒进红酒里。我的上帝啊，就这样，我对方丹说：'糟糕了！''是啊。'他说。后来姑娘们都吐了，都是漂亮姑娘啊，不错的姑娘。全都吐在桌上。方丹挽着她们的胳膊，想告诉她们，就算吐也该到厕所去，可那些小伙子说不用，她们吐在桌上就好。"

方丹进来了。"他们又来的时候，我就锁上门。'不。'我说，'给我一百五十块也不干。'我的上帝啊，不。"

"有个词专说干他们这种事的人，法语里的。"方丹说。他站在那里，天太热，显得又老又疲惫。

"什么词？"

"猪猡。"他轻声说，有些犹豫，不想用这么厉害的词，"他们就像猪猡。这是个很严重的词。"他抱歉地说，"可吐在桌上……"他难过地摇摇头。

"猪猡。"我说，"这就是他们——猪猡。邋遢鬼。"

方丹不喜欢这些粗话。他更愿意说些别的事情。

"也有些非常好的人，很贴心，他们也来。"他说，"有要塞的军官。都是很好的人。好小伙们。每个到过法国的人，他们都愿意来，来喝点葡萄酒。他们也喜欢葡萄酒。"

"有个男人，"方丹太太说，"他妻子从不放他出门。于是他告诉她说累了，躺上床去，等她出门去看戏后，就马上起身到这里来，有时候只在睡衣外面套件外套。'玛丽，来点啤酒，'他说，'看在上帝的份上。'他穿着睡衣坐在那里喝啤酒，喝完就回去，赶在他妻子看完戏到家之前回到床上。"

"那是个怪人，"方丹说，"可很和气。是个好小伙。"

"上帝啊，是的，是个好小伙。"方丹太太说，"他妻子看完戏回到家时，他总是躺在床上。"

"我明天要出去一趟。"我说，"去克劳保留区[1]。草原松鸡打猎季开始了，我们去看看。"

"是吗? 那你走之前一定要再来一趟。你会来的，对吧? "

"一定。"

"到时葡萄酒就酿好了。"方丹说，"我们一起喝一瓶。"

"三瓶。"方丹太太说。

"我会来的。"我说。

"我们等着你。"方丹说。

"晚安。"我说。

那天下午，我们挺早就结束了狩猎，动身往回赶。我们清早五点就起床了。头一天成绩还不错，可那天上午，连一只松鸡都没看到。我们坐在敞篷车里，热得够呛，索性找了片阴

1　指克劳印第安保留区,位于美国蒙大拿州境内。克劳人是北美印第安人的一个部族,也称乌鸦部族。

凉地停下来吃午餐，就在路边一棵树下。日头挂得老高，树荫小得可怜。午餐是三明治，我们还把三明治馅放在苏打饼干上吃。大家都又渴又累，很高兴终于能离开保留区，踏上回城的大路。经过了一片草原土拨鼠聚集地时，我们停下车来，掏出手枪打土拨鼠。只打了两枪就停了，因为没打中的子弹擦过岩石和土堆，嗖嗖地飞过了原野，那一头，河边上有几棵树和一栋房子，没人希望流弹飞到房子那儿去惹上麻烦。我们继续往前开，终于开始下山了，前方就是镇子外围的房屋。我们能看到平原那头的山。那一天，它们看起来是蓝色的，高山积雪闪耀，像镜子一样。夏天要结束了，可新雪还没落下，没积到高山顶上，现在只有残雪，被太阳晒化了，半冰半雪，远远看去，十分光亮。

我们晒得半死，嘴唇被太阳和碱性的灰土燎起了泡。都想喝点凉的，乘乘凉。便转上小路到方丹家去，在屋外停好车，走了进去。餐厅里很凉爽。方丹太太一个人在。

"只剩两瓶啤酒了。"她说，"全部都卖光了。新酿的还没好。"

我递给她几只鸟。"这可真不错，"她说，"真好。谢谢。这可真不错。"她走出去，把鸟放到更凉快的地方。啤酒喝完我就站了起来。"我们得走了。"我说。

"今晚再来吧？方丹能弄些葡萄酒来。"

"走之前我们会来的。"

"你们要走了？"

"是啊。我们早上就得离开了。"

"你们要走了，这真太糟了。你们今晚来。方丹会弄葡萄酒回来的。我们来给你们办个送行晚宴。"

"走之前我们会来的。"

可是，那天下午我们还要去发电报，车又坏了——有条轮胎被石头扎破，需要补。没有车，我只能走路到镇上，去办那些我们走之前得处理好的事。到晚餐时，我已经累得不想再出门了。也不想再去应付外语。一心只想早点上床睡觉。

我躺在床上，夏天的东西堆在一边，等着被打包，窗户开着，远山来的凉风飘进来，睡着之前，我还记挂着，没去方丹家，真是不好意思——可很快我就睡着了。第二天，我们整个上午都忙着打包行李，告别这个夏天。我们吃过午饭，打算两点出发。

"我们一定得去跟方丹夫妇道个别。"我说。

"是的，应该去。"

"恐怕昨晚他们就在等着我们了。"

"我们真该去的。"

"真希望我们去了。"

我们跟旅馆前台的人、拉瑞还有镇上其他的朋友一一告别，然后开车到方丹那里。方丹先生和太太都在。看见我们，他们很高兴。方丹看着挺显老，很疲倦的样子。

"我们以为你们昨晚会来的。"方丹太太说，"方丹带了三瓶酒回来。你们没来，他一个人全喝了。"

"我们只能待一会儿。"我说，"就是来道个别。昨晚我们想来的。原本打算来的，可刚打猎回来，太累了。"

"去拿点酒来。"方丹说。

"没有酒了。你都喝掉了。"

方丹看起来很不安。

"我去弄点来。"他说，"我很快就回来。昨晚我把酒都喝了。本来是为你们准备的。"

"我就知道，你们是累着了。'我的上帝啊，'我说，'他们太累了，所以才来不了。'"方丹太太说，"去拿点葡萄酒来，方丹。"

"我开车送你去。"我说。

"好。"方丹说，"那样我们还能快点儿。"

我们开车上路，差不多一英里后拐上一条小路。

"你会喜欢那酒的。"方丹说，"酿得很好。你可以带着，今天吃晚饭的时候喝。"

我们在一座木屋前停下来。方丹敲敲门。没人来。我们绕到后门，后门也锁着。后门边放着一些空的锡罐。我们从窗户往里看，房里没人。厨房又脏又乱，可所有门窗都紧闭着。

"该死的。她跑到哪里去了？"方丹说。他失望极了。

"我知道哪里有钥匙。"他说，"你在这里等会儿。"我看见他顺着路走到隔壁的房子前，敲敲门，对出来的女人说了什么，然后回来。他拿到了一把钥匙。我们前门后门都试过了，可打不开。

"该死的。"方丹说，"她偏偏跑出去了。"

透过窗户，我能看到葡萄酒放在哪里。虽然窗户关着，可还是能闻到屋里的味道。有点甜腻，有点恶心，像印第安人房子里的味道。方丹突然拿起一块宽木板，开始挖后门边的地。

"我能进去。"他说，"该死的，我能进去。"

隔壁房子的后院里有个男人，他正在摆弄一辆老福特车的前轮。

"最好别这样。"我说，"那男人会看到的。他盯着呢。"

方丹直起腰来。"再试试那把钥匙。"他说。我们又试了试，钥匙没用。无论往哪个方向，都只能转半圈。

"进不去了。"我说，"我们还是回去吧。"

"我去把后门挖开。"方丹提议。

"不，我不会让你冒险的。"

"我要去。"

"不。"我说，"那男人会看见的。然后他们就会发现。"

我们转身回到车上，开回方丹家，中途停下来还了钥匙。方丹什么也没说，一路都在用英文咒骂着。语无伦次，絮絮叨叨。我们走进屋里。

"该死的。"他说，"我们没能拿到酒。我自己的酒，我酿的。"

方丹太太脸上的欢喜一下子没了。方丹坐在角落里，双手抱住头。

"我们得走了。"我说,"酒喝不喝都没关系。等我们走了,你们帮我们多喝点。"

"那疯婆子跑哪儿去了?"方丹太太问。

"不知道。"方丹说,"不知道她去哪里了。这下好了,你们要走了,一滴葡萄酒都没尝到。"

"没关系的。"我说。

"这不好。"方丹太太说。她摇着头。

"我们必须得走了。"我说,"再见吧,祝你们好运。谢谢你们,在这里很愉快。"

方丹摇着头。他丢了面子。方丹太太看起来很伤心。

"别为酒的事难过了。"我说。

"他想让你们尝尝他的葡萄酒。"方丹太太说,"你们明年还来吗?"

"不。也许后年来。"

"你瞧瞧!"方丹对她说。

"再见。"我说,"别想着那酒了。等我们走了,帮我们多喝点。"方丹摇着头,没有笑。他知道他搞砸了。

"该死的。"方丹喃喃自语道。

"昨晚他有三瓶的。"方丹太太说,想安慰他。他摇着头。

"再见。"他说。

方丹太太眼里含着泪水。

"再见。"她说。她为方丹难过。

"再见。"我们说。我们都很难受。他们站在门口，我们上了车，我发动引擎。我们挥挥手，他俩难过地站在门廊上。方丹显得很苍老，方丹太太看着很难受。她向我们挥手，方丹进了屋。我们转上了大路。

"他们那么难受。方丹难过死了。"

"昨天晚上我们应该去的。"

"是啊，应该去的。"

我们穿过镇子，出了城，前方道路平整，两边都是庄稼地，还留着残茬，群山落在右边，远远的。看起来很像是在西班牙，可这里是怀俄明。

"希望他们能有大把的好运气。"

"不会的。"我说，"而且施密特也当不上总统。"

水泥路到头了。现在是碎石路，我们离开平原，开始在两座山麓小丘之间行进。道路转了个弯，开始向上攀爬。山丘的土壤是红色的，鼠尾草一簇一簇，灰扑扑的。道路渐渐上升，越过山丘顶，能看到山谷平原那头的高山。如今它们更远了，看着更像西班牙。道路盘旋着，再次上升，前方，几只松鸡正在路中间扑腾。我们开过的时候，它们飞了起来，翅膀扑扇得飞快，斜斜滑行出一长段，落在下面的山丘上。

"它们真大，真迷人。比欧洲松鸡还大。"

"这是个打猎的好国家，方丹说的。"

"那要是没猎可打了怎么办？"

"到那时他们都死了。"

"那男孩可不会。"

"没什么能说明他就不会死。"我说。

"昨晚我们应该去的。"

"噢，是的。"我说，"我们应该去的。"

Fathers and Sons

两代父子

镇上的主街中间立着块绕道标示牌，可眼看汽车全都径直开过去，尼古拉斯·亚当斯觉得，修路工程肯定已经完工了，便也照样沿着空荡荡的铺砖街道穿镇而过，不时停下来等等红灯。星期天路上没什么车，只有红绿灯兀自明灭着，要是明年经费跟不上，就连这灯都要停了。如果这是你的家乡，你得常常在小镇里步行，你会喜爱那些浓密的树荫的，但对于一个外乡人来说，开车穿行其间，你只会觉得树荫太密，遮住了阳光，房屋看起来都沉郁潮湿。过了最后一栋房屋，车开上高低起伏的公路，笔直向前，红土路堤平平整整，两边都是次生林。这不是他的家乡，但如今正是仲秋时节，无论开车还是看景，乡村的一切都很不错。棉花已经采摘完毕，地里翻种上了一片片玉米，成排的红高粱间隔其中。路很好走，儿子在身边睡着了，一天的路程赶得差不多了，将要抵达过夜的城市也不陌生。尼克开始有闲心观察，哪块玉米地里插种着黄豆或豌豆，灌木丛和伐木地是什么模样，小木屋和房舍如何在田地与灌木丛之间分布。一路走，他一路想象着在这乡间打猎的情形，琢磨着每一块空地，猎物会在哪里觅食，哪里可以隐蔽，你在哪里能找到一大群猎物，它们又会从哪里飞走。

打鹌鹑时，绝不能跑到它们中间去，甚至连进入栖息地范围内都不行，一旦被狗发现，或是它们一哄而起时，它们就会朝你扑过来，有的直冲上天，有的擦过你耳边，那喧闹咋呼的声势，是单单看着它们在空中飞过时感受不到的。这个时候，唯一能做的，就是转过身，让它们从你肩头掠过，赶在它们拍着翅膀一头扎进灌木丛之前开枪。这是父亲教给他的方法，想到这里，尼古拉斯·亚当斯开始回忆起他的父亲。每当想起父亲，首先出现的永远是他的眼睛。高大的身形、敏捷的动作、宽阔的肩膀、鹰钩鼻、窄下巴上覆盖着的浓须，这些统统不是你会想起的——你想到的总是那双眼睛。它们掩藏在双眉之下，嵌得如此深，备受保护，就好像是什么特别珍贵的仪器一样。比起寻常人的眼力来说，它们更敏锐，看得更远，是他父亲独有的巨大天赋。他父亲的视力堪比大角羚羊或老鹰，一点儿也不夸张。

他自己的眼力也很好，可当他和父亲一起站在湖岸边时，父亲会说："他们已经升旗了。"尼克根本看不见对岸的旗，或是旗杆。"那里，"他父亲会说，"那是你妹妹多萝西。她升好旗了，现在正往码头走。"

尼克望向对岸，他能看见长满树的长长湖岸，能看见后面高出一截的树木、湖湾的瞭望点、农场的开阔山坡和树林间他们的白色小房子，但却找不到什么旗杆、什么码头，只能瞄见沙滩的一抹白色和湖岸的轮廓。

"你看得到瞭望点对面山坡上的绵羊吗？"

"是的。"

灰绿山坡上有一片白色。

"我能数得出有多少只。"他父亲说。

就像所有拥有超出人类所需能力的人一样，他的父亲很神经质。还很感情用事。和所有感情用事的人一样，他虽然冷酷暴躁，却也常常受到伤害。再说他的运气也很不好，这并不全是他自己招来的。他死于一个圈套，甚至自己还曾经在其中出过一点力，可在他死之前，人人都背叛了他，虽然方式不同。感情用事的人总会遭遇那么多的背叛。尼克还不能把父亲的故事写出来，以后会写的。可这片满是鹌鹑的原野却让他想起了他，想起了他当初的模样，那时尼克还是个孩子。他教会了尼克两件事——钓鱼和打猎，为此尼克非常感激。父亲特别擅长这两件事，正如他特别不擅长性事或别的某些事一般。尼克很高兴事情是这个样子的。因为总得有个人来让你初尝它的乐趣，或是给你机会来接触它、运用它，要是想学打猎钓鱼，你还得刚好住在可以打猎钓鱼的地方。而现在，他已经38岁了，对钓鱼和打猎的热爱仍旧和从前一样，就像第一次跟父亲一起时那样。这是种永不衰退的热情，他很感激父亲领着他见识到这一切。

然而，对于另一件事情，就是他父亲不那么拿手的那件，可以说是万事俱备，但人人都得自己去探索它，没什么指导可言。不管住在哪里都一样。他记得很清楚，在这件事情上，父亲只给过他两条零碎的信息。一次是他们一起打猎时，尼克打中了一只铁杉树上的红松鼠。松鼠掉下来，受了伤。尼克去捡它，手掌却被狠狠咬了个对穿。

"这肮脏的小狗日的。"尼克说，把松鼠的脑袋砸到树上，"看它还怎么咬我。"

他父亲看了看，"把血吸干净，回家后涂点碘酒就行了。"

"小狗日的。"尼克说。

"你知道什么是'狗日的'吗？"父亲问他。

"随便什么都能被叫成'狗日的'。"尼克说。

"'狗日的'指的是跟动物交配的人。"

"为什么？"尼克说。

"我不知道。"他的父亲说，"但这是很严重的罪恶。"

尼克满脑子胡思乱想，被吓着了，他设想了各种各样的动物，没一个看起来能吸引人，而且似乎都行不通。除此之外，父亲对他直接谈到过的有关性的知识就只有另一次。一天早晨，他看到报纸上说恩里克·克鲁索[1]因为猥亵罪[2]被捕。

"什么是捣碎（猥亵）？"

"那是最不可饶恕的罪行之一。"父亲回答。尼克想象着，那伟大的男高音歌唱家拿着马铃薯搅拌机，对一位美丽的女士做了些奇怪的、匪夷所思的、罪恶的事情，那名女士长得

1　恩里克·克鲁索（Enrico Caruso, 1873—1921），意大利著名男高音歌唱家，录有约290张唱片。

2　原文是"mashing"，通常含义是"磨碎、捣碎"，这里指"猥亵"。作为小孩的尼克并不理解后一重含义，因此有后面的对话和联想。

和香烟盒子上的安娜·海尔德[1]很像。他满怀恐惧，下了一个决定——等长大后，也要至少尝试一次"捣碎"。

照他父亲对这事的总结，手淫会导致失明、发疯和死亡，找妓女的男人会染上可怕的性病，所以，你能做的就是，别碰其他人。另一方面，在他认识的人之中，父亲的视力的确是最好的，很长一段时间以来，尼克都非常爱他。如今，知道了后来发生的一切，再想起当初哪怕一切还好的时候，那回忆也算不得美好了。要是能写出来，他应该就可以放下了。通过写作，他放下了许多事。但现在写这个还太早了。许多人都还活着。所以他决定想点儿其他的事情。对于父亲，他反反复复琢磨过许多次，可还是无能为力。殡仪师把父亲的遗容整理得很好，在他脑海中，当时的情形还没有模糊，其他一切也都非常清晰，包括接下的债务。他恭维了殡仪师几句。殡仪师很有些自豪，沾沾自喜的样子。但对于父亲，他留下的最后一面的印象，却不是出自殡仪师之手。殡仪师不过做了些修饰工作而已，艺术品位也很可疑。这张脸本来就长成那样，花了很长时间，直到最后三年里才飞快地定型下来。这是个好故事，可若是要写出来，还活着的人太多了。

尼克的少年启蒙课是在印第安营地后面的铁杉林里上的。有条小径通向那里，从小屋出发，穿过树林，来到农场，沿着

1　安娜·海尔德（Anna Held, 1872—1918），法国籍演员、歌唱家，百老汇"歌舞大王"弗洛伦兹·齐格飞的妻子。

一条曲折小路走过林间空地，便到了营地。这会儿，他真想再赤脚走一次那条小径。一开始，踏着铺满松针的泥土行走在小屋后的铁杉林里。林子里，倒下的树木腐朽了，散落一地，闪电劈开长长的木条，木条垂落下来，活像是挂在树上的标枪。你踩着一根树干跨过小溪，要是不小心滑下去，下面就是积满黑色淤泥的沼泽。翻过树林的隔离栏，小路被太阳晒得又干又硬，地上草茎参差，长满了酢浆草和毛蕊花，左侧的小溪边有咕嘟作响的泥潭，双领鸻在那里觅食。溪屋[1]就建在这条溪流上。牲畜棚下面是温热的新鲜肥料，旁边堆着老肥，顶上都已经干结了。接下来又是一道围栏，干硬发烫的小路从畜棚一直通到房屋那里，同样滚烫的沙石小路向下穿过树林，这一次得走桥上过小溪，溪边蒲草丛生，你可以把它们浸在煤油里做成篝灯，夜里抓鱼用。

现在，大路向左一转，绕过树林，爬上山坡。你顺着一条宽阔的黏土石子路走进树林，树荫阴凉，因为要把印第安人剥下的铁杉树皮拖出去，路拓得特别宽。青棕色的铁杉树皮码成齐齐整整的一长溜，顶上再搭上树皮遮住，看着就像一间间房子。失去了皮的树干是黄色的，就躺在它们倒下的地方，显得特别大。人们任由这些木头在树林间腐烂，连树梢枝

1　溪屋通常是建在溪流或小河上的封闭式单间小屋，最初是为了保持溪水的干净，避免落叶或动物污染，由于屋内温度较低，在冰箱发明之前，人们也常常将其当作冷藏室来使用。

2　城市名，位于美国密歇根州，博因河在此注入察勒沃尔克湖。

叶都懒得砍掉或烧掉。他们只要树皮，树皮可以卖到博因城[2]里的硝皮厂——等冬天湖面结冰，就可以把它们拖过对岸去。森林每年都在减少，林间空地越来越多，光秃秃，火辣辣，无遮无拦，杂草丛生。

不过那时候还有不少森林，都是原生林，树木长到很高才抽出枝丫，下面完全没有杂树灌木，你可以走在清爽的棕色土地上，地面上铺满了松针，很有弹性，就算是在最热的天气里，这里也很凉快。他们三人躺在一个铁杉树桩上，这树桩比两张床连起来还宽。微风拂过高处的树梢，清凉的天光斑驳洒落。比利说：

"你又想要特鲁迪了？"

"你想要吗？"

"嗯哼。"

"来吧。"

"不，就在这里。"

"可比利——"

"那有什么。他是我哥哥。"

他们都坐了起来，三个人一起，听着树顶上一只黑松鼠的动静，可他们看不到它。他们等着它再叫一次，只要一叫，它的尾巴就会抽动，那尼克就可以朝着有动静的地方开枪了。父亲一天只给他三发子弹，他有一柄点20口径的单筒猎枪，枪管相当长。

"狗娘养的，一动也不动。"比利说。

"你开枪，尼基[1]。吓它。我们会看见它跳。再打它。"特鲁迪说。对她来说，这已经是很长的句子了。

"我只有两发子弹。"尼克说。

"狗娘养的。"比利说。

他们背靠大树坐着，沉默着。尼克觉得整个人都放空了，很快乐。

"埃迪说，找天晚上，他要去和你妹妹多萝西一起睡觉。"

"什么？"

"他这么说的。"

特鲁迪点头。

"他想这样。"她说。埃迪是他们同父异母的哥哥，已经十七岁了。

"如果埃迪·吉尔比晚上敢来，敢跟多萝西说话，知道我会对他做什么吗？我会杀了他，就像这样。"尼克推上膛，瞄也不瞄，就开了一枪，像是在那小杂种埃迪·吉尔比的脑袋或肚子上打出了一个洞似的，巴掌那么大的洞。"就这样。我会像这样杀了他。"

"那他最好别来。"特鲁迪说。她把手插进尼克口袋里。

"他最好小心些。"比利说。

"他就是吹牛。"特鲁迪的手在尼克口袋里摸索，"但不

---

1 尼基与尼克都是尼古拉斯的昵称。

要你杀他。你会惹上很多麻烦。"

"我会像那样杀了他。"尼克说。埃迪·吉尔比躺在地上，胸膛都被打烂了。尼克一只脚踏在他身上，高傲极了。

"我要剥掉他的头皮。"他兴致勃勃地说。

"不。"特鲁迪说，"那太恶心了。"

"我要剥掉他的头皮，寄给他妈妈。"

"他妈妈死了。"特鲁迪说，"不要你杀他，尼基。为了我，不要你杀他。"

"等我剥掉他的头皮，就把他扔去喂狗。"

比利非常沮丧。"他最好小心些。"他闷闷不乐地说。

"它们会把他撕成碎片。"尼克说，为那画面兴奋不已。就这样，剥掉那杂种叛徒的头皮，站在一边，看着狗群把他撕碎，面不改色。他猛地跌了一下，倒在树上，脖子被勒住了，特鲁迪勒住了他，他几乎喘不过气来。特鲁迪哭叫着："不杀他! 不杀他! 不杀他! 不。不。不。尼基。尼基。尼基!"

"你怎么回事?"

"不杀他。"

"我要杀了他。"

"他只是个吹牛大王。"

"好吧。"尼基说，"只要他不靠近我们的房子，我就不杀他。放开我。"

"那就好了。"特鲁迪说，"你想做点儿什么吗? 我现在感觉很好。"

"只要比利能走开。"尼克已经杀死了埃迪·吉尔比，又在现实里饶恕了他，现在他是个男人了。

"比利，你走开。去边上转转。去吧。"

"狗娘养的。"比利说，"我烦这个了。我们来干吗的？打猎还是什么？"

"你可以把枪拿去。里面还有一发子弹。"

"那好。我准保能打个黑大个儿回来。"

"我好了叫你。"尼克说。

过了很久，比利还没回来。

"你觉得我们会生个孩子出来吗？"特鲁迪快活地盘起她棕黑色的双腿，蹭着他。尼克的心思已经跑出去老远了。

"我可不觉得。"他说。

"生一大堆孩子，多好。"

他们听见比利的枪响了。

"真想知道他打到没有。"

"管他呢。"特鲁迪说。

比利从林子里走出来。枪扛在肩上，手里拎着一只黑松鼠，抓着它的前爪。

"瞧。"他说，"比猫还大。你们完事了？"

"你在哪里打到的？"

"就那边。一看到它跳出来我就开枪了。"

"我得回家了。"尼克说。

"不。"特鲁迪说。

"我得回家吃晚饭。"

"好吧。"

"明天还打猎吗?"

"好啊。"

"你把这松鼠拿走吧。"

"好啊。"

"晚饭后再来?"

"不。"

"你觉得怎么样?"

"还好。"

"好吧。"

"亲亲我的脸。"特鲁迪说。

眼下,他开着车走在公路上,天快黑了。尼克一直在想他的父亲。天黑这事儿从来不会让他想起父亲。天黑后的时间总是属于尼克自己的,如果不能独享这段时光,他就绝不会感觉好。每当秋天来临,当初春的草场上出现姬鹬,当看见玉米成堆,眼前出现湖泊,甚至看见一匹马、一辆马车,看见——或听见——大雁飞过,每当设下捕鸭陷阱时,父亲都会回到他身边。他想起那次,一只鹰穿透雪幕,冲向帆布下的诱饵,腾空而起,翅膀拍击着,爪子却陷在了帆布里。在荒芜的果园,在新犁过的田地里,在灌木丛中、小山坡上,或是走过枯草地时,劈柴、提水时,走过磨坊、苹果酒坊、水坝时,燃起篝火时，父亲总会突然出现。他待过一些城市，是父亲所不了解的。十五岁之后，他就再也没有和父亲共处过了。

父亲天冷时胡须里会结霜，天热时汗出如浆。他喜欢在大太阳天里下地干活，只不过因为他并不是被迫这么做，父亲也喜欢手工劳作。这些尼克都不喜欢。尼克爱他的父亲，可讨厌他的味道。有一次，他不得不穿父亲小了的内衣，这让他难受极了，他脱掉内衣，压在溪边的两块石头下，回家说衣服丢了。父亲让他穿的时候，他就说过，衣服有味道，可父亲说衣服刚洗过。的确是刚洗过。尼克请求父亲闻闻看，父亲恼怒地嗅了一下，说衣服很干净，味道很清新。钓完鱼，尼克没穿内衣就回家了，说他弄丢了衣服，那一次，他因为说谎挨了一顿揍。

过后，他坐在柴棚里，门敞开着，猎枪里填满了子弹，已经上了膛，他看着外面坐在门廊上读报纸的父亲，心想："我能送他下地狱。我能杀了他。"最后，他感觉愤怒退去了，才想起猎枪也是父亲给的，不由得有点犯恶心。于是他起身，摸黑去了印第安营地，躲开那股味道。在家里，只有一个人的味道是他喜欢的，那是他的一个妹妹。其他任何人他都不想触碰。学会抽烟以后，这感觉变迟钝了。是好事。对猎犬来说，嗅觉敏锐很好，可对人来说，毫无益处。

"那是什么样子的，爸爸？你小时候和印第安人一起打猎的时候。"

"我说不好。"尼克吓了一跳。他没注意到孩子已经醒了。他看看他，儿子就坐在他身边的位子上。他觉得是在独处，可这男孩始终和他在一起。不知道他醒了多久了。"我们经常花上一整天去打黑松鼠。"他说，"我的父亲一天只给我三发子弹，他说这能教会我怎么打猎，还说男孩子拿着枪砰砰乱放不是什么好事。我和一个叫比利·吉尔比的男孩一起，还有他妹妹特鲁迪。整个夏天，我们差不多每天都出去。"

"真奇怪，印第安人也叫这些名字。"

"是啊，可不是。"尼克说。

"他们是什么样儿的，跟我说说。"

"他们是奥吉布瓦人[1]。"尼克说，"都非常好。"

"和他们在一起是什么感觉？"

"这很难说。"尼克·亚当斯说。难道能说她是你的初体验，没人比她更好？能提起那丰满的棕色双腿、扁平的小腹、结实小巧的乳房、用力搂紧的胳膊、灵巧探索的舌头、浅浅的双眼、嘴上的好味道？能述说那份不适、紧致、甜蜜、濡湿、爱恋、紧绷、疼痛、彻底、极致、无尽、永无止境、永不会止歇，突然的止歇，暮光中猫头鹰似的庞大飞鸟，其实只是林间的日光，松针扎着你的肚皮？从此，每当走进印第安人曾生活过的地方，你就能闻到他们留下的气味，哪怕有再多空酒瓶，再多苍蝇嗡嗡作响，都无法掩盖那香草的气息、烟火的味道，还有像是新剥貂皮般的别样气味。无论关于他们有怎样的玩笑，无论印第

1　美洲大原住民部族之一，是加拿大的第二大原住民部族，美国的第四大部族。

安少女如何老去，都无法带走这份感觉。不管他们染上了怎样的恶心甜腻气味，不管最终他们做什么营生，这都不是结局。他们都有同样的结局。许久以前很好。现在，不好。

还有别的。当你瞄准一只飞鸟时，就是在射击所有的飞鸟。它们都不一样，飞翔的方式也不一样，但感觉是一样的，最后一只和第一只一样好。为此，他很感激他的父亲。

"你有可能不喜欢他们。"尼克对男孩说，"但我觉得你会喜欢的。"

"祖父小时候，也和他们生活在一起，是吗？"

"是的。那时我问他，和他们在一起是什么感觉，他说，他在那里有许多朋友。"

"我会和他们住在一起吗？"

"我不知道。"尼克说，"这得你来拿主意。"

"我什么时候才能有一把猎枪，自己出去打猎？"

"十二岁吧，如果到那时我觉得你已经够小心的话。"

"真希望现在就十二岁。"

"会的，很快的。"

"祖父是什么样的？我都不记得他了，只记得从法国回来时，他送了我一把气枪和一面美国国旗。他是什么样子的？"

"很难说清楚。他是个了不起的猎手和渔夫，眼睛特别好。"

"比你还了不起吗？"

"他打猎比我厉害多了。他的父亲也是个了不起的打鸟能手。"

"我打赌他不会比你更厉害。"

"哦，不，他比我厉害。他开枪又快又准。我没见过有谁射击比他更厉害。他总是对我射击的方式很不满意。"

"为什么我们从来不去祖父的墓地看他？"

"我们没在一起。墓地离这里很远。"

"在法国就没有关系。在法国的话我们就会去。我觉得应该去祖父的墓地看看他。"

"我们会找时间去的。"

"但愿我们不会住到那种地方去，那种到你去世后都永远没法去看你的地方。"

"我们会安排好的。"

"你不觉得大家应该都葬在一个方便的地方吗？我们可以都葬在法国。那会很棒的。"

"我可不想被葬在法国。"尼克说。

"噢，好吧。那我们就得在美国找个方便的地方。我们不能都葬在牧场外吗？"

"这是个办法。"

"那我就可以在去牧场的路上停一停，到祖父的墓地去祷告了。"

"你真是周到。"

"嗯。从来没去过祖父的墓地，我总感觉不太好。"

"我们会去的。"尼克说，"我保证，我们会去的。"

The Tradesman's Return

生意人归来

他们趁着夜色过海，西北风刮得正猛。太阳升起的时候，他看到了一艘正驶入海湾的油轮，油轮那么高，在寒冷的空气里，被太阳映得那么白，乍一看就像是海边耸立的高大房屋。他对那黑人说："我们这是在什么该死的地方？"

　　黑人支起身子望了望。

　　"没有什么不像迈阿密这边的。"

　　"你清楚得很，我们根本就没有往不是迈阿密走[1]。"他对那黑人说。

　　"我说的是，佛罗里达群岛上没有这种房子。"

　　"我们是在往小砂岛[2]开。"

　　"那我们应该已经能看到了。看到岛，或者美国的什么海滩。"

　　过了会儿，他才发现那原来是一艘油轮，不是房子。不到一个小时之后，他就看见了小砂岛的灯塔，笔直、纤长，棕褐色的，高高耸起在海面上，正在它本就应该在的地方。

1　此处为模仿黑人英语的重复否定说法，实际意思是说"我们没有往迈阿密走"，用以回应上一句黑人说的话，黑人的意思是"这一带不像迈阿密"。
2　佛罗里达近岸的度假胜地。下文的女人岛隶属于佛罗里达群岛。

"开船得有信心。"他对黑人说。

"我有信心。"黑人说，"但这趟走的这条线我可没什么信心。"

"你的腿怎么样？"

"一直在疼。"

"这没什么的。"男人说，"保持干净，包扎好，它自己就会好了。"

现在他正往西开，要找到女人岛旁边的红树林，白天就把船藏在里面。那里不会有其他人，接应的船会来和他们碰头。

"你很快就没事了。"他对黑人说。

"我可不知道。"黑人说，"我伤得很重。"

"等到了地方，我就帮你好好治伤。"他对他说，"你的枪伤不重，只不过太紧张了。"

"我中枪了，"他说，"我以前从来没中过枪。不管怎么说，挨了枪子儿就是倒霉。"

"你只是吓着了。"

"不，先生。我中枪了。我受了重伤。整晚都在抽痛。"

黑人一直这么抱怨着，总忍不住要解开绷带看伤口。

"让它去。"掌舵的男人告诉他。黑人躺在驾驶舱地板上，身边是一麻袋一麻袋的烈酒，看起来像火腿一样，堆得到处都是。他在中间找了块空地躺着。每次一动，麻袋里的玻璃碴子就哗啦哗啦响，酒气四溢。酒淌得到处都是。男人正驾船朝女人岛驶去。现在他能清清楚楚地看到它了。

"我很痛。"黑人说，"越来越痛。"

"我很抱歉，威斯利。"男人说，"但我得掌舵。"

"你对人还不如对一条狗好。"黑人说。他开始惹人烦了，可男人还是对他抱有歉意。

"我会让你好过些的，威斯利。"他说，"现在先安静躺会儿。"

"你根本不在乎别人遭了什么罪。"黑人说，"你简直不是人。"

"很快，我很快就会把你治好的。"男人说，"你只要安静躺着。"

"你不会治好我的。"黑人说。男人——他名叫哈利——什么都没说，因为他喜欢这个黑人，再说，这会儿除了揍他一顿也没什么能做的，可他不能揍他。黑人还在说个不停。

"他们刚开枪的时候我们干吗不停下来？"

男人没有回答。

"是不是一条人命还比不上几瓶酒？"

男人专心把着舵。

"我们就该停船，让他们把酒拿走。"

"不。"男人说，"他们拿走酒和船，你就得被关进牢房。"

"我不在乎牢房。"黑人说，"但我绝不想挨一枪。"

他开始让男人心烦了，男人不耐烦再听他唠叨。

"该死的到底谁的枪伤更重？"他问他，"你还是我？"

"你伤得更重。"黑人说，"但我从来没被枪打过。我没想过会挨枪子儿。我拿那点钱不是为了挨枪子儿的。我不想被打中。"

"放松点儿，威斯利。"男人对他说，"这么抱怨对你没有任何好处。"

他们快到了。现在已经进了浅水区，他转舵朝水道开去，等进去后，水上的阳光能把船藏得好好的，一点影子都看不到。黑人已经快神志错乱了，要不就是因为受了伤，突然变成了虔诚的信徒，总之他一路都在唠叨个没完。

"他们现在干吗还要运酒？"他说，"禁酒令已经解除了。为什么他们还要做这种买卖？干吗不直接带着酒上船？"

掌舵的男人留意着水道。

"人们干吗不能诚实体面一点，过体面诚实的日子？"

阳光下，男人看不到岸，但能看到水岸边的平滑波纹。他关掉引擎，一只手转动舵盘，船转了向，水道一下子开阔了，他驾着船，慢慢靠在红树林边。引擎在船尾，他走过去关掉两个离合器。

"我能放个锚下去。"他说，"但没办法起锚。"

"我动都不能动。"黑人说。

"你的情况当然很不好。"男人对他说。

他咬牙提起一个小锚，扔了下去，费了不少力气，但总算是做到了。放出很长一段绳索后，船转了转，撞到红树林，树枝插进了驾驶舱里。他转过身，下到驾驶舱，想着舱里肯定是一团糟，果然。

昨晚他包扎好黑人的伤口，黑人也帮他包好了胳膊，之后，他整晚都在盯着罗盘，掌舵，开船。天亮时，他看到黑人就躺在驾驶舱中间的麻袋堆里。不过接着他还要忙着观察海面，看罗盘，寻找小砂岛灯塔，一直没空仔细瞧瞧舱里的情形。情形很糟糕。

　　黑人躺在一大堆麻袋中间，腿架着。子弹在驾驶舱里留下了八个大洞。挡风玻璃碎了。他不清楚有多少货被打碎了，四下里不是黑人的血就是他自己的血。但这一刻，让他感觉最糟糕的，是酒气。一切都浸在酒气里。眼下，船静静靠着红树林，停在海湾里，可他仍然觉得脚下波涛起伏，毕竟他们整晚都待在大海上。

　　"我去煮点咖啡。"他对黑人说，"回头再帮你处理一下伤口。"

　　"我不想喝咖啡。"

　　"我想喝。"男人告诉他。可待在下面让他觉得头晕，于是他出来回到甲板上。

　　"看来我们没咖啡喝了。"

　　"我想喝水。"

　　"好。"

　　他从细颈罐子里倒了一杯水，递给黑人。

　　"他们都开枪了，你为什么还非要跑？"

　　"他们干吗要开枪呢？"男人回答。

　　"我需要医生。"黑人对他说。

"有什么是医生能做，可我却不能为你做的？"

"医生能治好我。"

"今晚船到了就有医生了。"

"我不想等什么船。"

"好吧好吧。"男人说，"我们先把这些酒扔出去。"

他开始往外扔酒，单手干这活儿很费力。一麻袋酒只有四十磅重，可他没扔几袋就又头晕起来。他在驾驶舱坐下来，躺了下去。

"你会害死自己的。"黑人说。

男人静静躺在舱里，头枕着一个麻袋。

红树林的枝丫伸进驾驶舱，在他躺着的地方投下一片阴影。他能听见树梢上风吹过的声音，看到外面高远寒冷的天空，北风吹来了薄薄的乌云。

"这种天气，没人会来的。"他想，"这风一刮起来，他们就不会来找我们了。"

"你觉得他们会来吗？"黑人问。

"肯定会。"男人说，"为什么不呢？"

"风太大了。"

"他们已经在找我们了。"

"这种天气，才不会呢。你骗我有什么好处？"黑人说，他的嘴几乎紧贴着麻袋。

"放松些，威斯利。"男人对他说。

"放松些，这男人说。"黑人接着说，"放松些。放什么松？

像条狗一样放松去死？你逮着我啦。杀了我吧。"

"放松些。"男人说，很温和。

"他们不会来。"黑人说，"我知道他们不会来。我很冷，我告诉你。又痛又冷，我受不了了，我告诉你。"

男人坐起来，觉得很虚弱，稳不住身子。黑人眼看着他单膝跪起，右胳膊晃荡着，看着他用左手抓住右手，把右手安置在两膝中间，再攀住钉在船舷上的厚木板，用力撑起身子。他低头看着黑人，右手还夹在两腿间。心想，这之前他还从没真正尝过疼痛的滋味儿呢。

"只要一直让它这么直着，伸直，就没那么疼。"他说。

"我来帮你绑个吊带吧。"黑人说。

"我胳膊弯不过来。"男人说，"僵住了。"

"那我们现在干什么？"

"扔酒。"男人告诉他，"威斯利，你就不能把手边的推过来一点吗？"

黑人试着挪动身体去够一个麻袋，立刻呻吟一声，倒了回去。

"你伤得有那么重吗，威斯利？"

"噢，老天。"黑人说。

"动一动反而没那么难受，你不觉得吗？"

"我中枪了。"黑人说，"我才不动。这人想让我带着枪伤去扔酒！"

"放松些。"

"这话你再多说一次我就要疯了。"

"放松些。"男人平静地说。

黑人低吼一声，手在甲板上一阵乱摸，抓起舱口下的一块磨石。

"我要杀了你。"他说，"我要把你的心挖出来。"

"放下磨石。"男人说，"放松些，威斯利。"

黑人脸靠着一个麻袋，抽泣起来。男人继续慢慢拎起装满酒的麻袋，往船外扔。

扔到半途，一阵马达声传来，他抬起头，看见一艘船正从岛礁尾沿着水道开过来。那是艘带挡风玻璃的白船，船上画着一座浅黄色的房子。

"有船来了。"他说，"快来帮忙，威斯利。"

"我动不了。"

"从现在起，我要记账啦。"男人说，"之前就算了。"

"记你的账去吧。"黑人对他说，"我也都记着呢。"

男人加快了速度，一边用那只好胳膊把装酒的麻袋扔到船舷外，一边不断瞟着水道里慢慢靠近的船，汗珠从他的脸上滑落。

"翻个身。"他抓起黑人脑袋下的袋子，甩出船外。黑人撑起身体看了看。

"他们来了。"他说。船几乎正对他们的船舷开过来。

"那是威利船长。"黑人说，"还有几个人一起。"

白船的船尾上有两个人，都坐在椅子上钓鱼，穿着法兰绒外套，戴着白色便帽。掌舵的是个戴毡帽、穿防风夹克的老人。他们沿着红树林开了过来，私酒船就停在林子里。

"哈利，你还好吗？"老人经过时喊道。名叫哈利的男人挥动着他完好的那只胳膊回应。船开过去了。那两个钓鱼的男人看着走私船，对老人说了些什么。哈利听不见。

"他要到口子上掉个头再回来。"哈利对黑人说。他到下舱拿了条毛毯上来。"我给你盖上。"

"是时候把我盖上了。他们帮不上忙，只会发现那些酒。我们该怎么办？"

"威利是个好人。"男人说，"他会告诉镇上的人我们在这里。那些钓鱼的家伙不会来打扰我们的。他们干吗要管我们的事？"

这会儿他觉得晕得厉害，便在驾驶座上坐下来，右胳膊紧紧夹在两条腿中间。他的膝盖在发抖，抖得他都能感觉到上臂末端骨头发出的咔咔声。他松开膝盖，把手拿出来，随它垂在身旁。白船回头经过他们开进水道时，他就坐在那里，胳膊垂着。那两个坐在钓鱼椅上的男人正在说话。他们放下了鱼竿，其中一个正拿望远镜看他们。距离太远，他听不见他们在说什么。就算听得见，也没什么用。

这艘船名叫南佛罗里达号，是出租船，因为岛礁外风浪太大，没法垂钓，才只好转到女人岛的水道里来的。船上，威利·亚当斯船长正琢磨着，看来哈利是头天晚上过的海。这小子真有种。他肯定是刚好赶上风浪了。虽说那是条海船没错。

你能想象那挡风玻璃是怎么碎的吗？我要是在昨晚那种天气里过海，才真是见鬼了。也甭想要我到古巴去运酒。他们现在都从马里埃尔[1]运酒过来了！进进出出，门户大开，方便得很。

"你说什么，老大？"

"那是什么船？"钓鱼椅男人中的一个问。

"那条船？"

"是，那条船。"

"哦，那是从基韦斯特[2]来的船。"

"我的意思是，那是谁的船？"

"我哪儿知道啊，老大。"

"船主是渔民吗？"

"唔，有人说是。"

"什么意思？"

"他什么都做点儿。"

"你不知道他的名字？"

"不知道，先生。"

"你刚才叫他哈利。"

"我没有。"

"我听见了，你叫他哈利。"

威利·亚当斯船长仔细看了看对他说话的男人。那是一

1　古巴西部港口城市。

2　佛罗里达海岛。

张略微扁胖的脸，高颧骨、薄嘴唇，嘴角挂着轻蔑的表情，灰眼珠深陷，正从帆布帽檐下看着他。威利·亚当斯船长怎么也想不明白，华盛顿那些女人怎么会觉得这人帅得不可思议。

"那我一定是叫错了。"威利船长说。

"那人受伤了，博士。你看看。"另一个人说，把望远镜递给他的同伴。

"不用望远镜我也能看出来。"被称作博士的那个说，"那人是谁？"

"我可不知道。"威利船长说。

"好吧，你会知道的。"嘴角挂着轻蔑神气的男人说，"把船头号码记下来。"

"记下了，博士。"

"我们过去看看。"博士说。

"你是医生[1]？"威利船长问。

"不是看病的。"灰眼睛男人告诉他。

"不是医生的话，我可不过去。"

"为什么？"

"他需要帮忙的话，会招呼我们的。要是他不需要，那就不关我们的事。在这个地方，人人都只管自己的事。"

"那好啊。你就管好你自己的事。把我们送过去。"

威利船长照样沿着他的航道往前，双缸帕尔默牌引擎突

---

1 英文里医生和博士是同一个单词，所以威利船长才有这样的疑问。

突作响。

"你没听见我的话吗？"

"听见了，先生。"

"那为什么不服从命令？"

"见鬼的，你以为你是谁？"威利船长问。

"那不是问题。照我说的做。"

"你以为你是谁？"威利船长又问了一遍。

"很好。告诉你，我是当今美国最重要的三个人之一。"

"那你他妈的跑基韦斯特来干什么？"

另一个人凑上前来，煞有介事地说："他是——"

"没听过。"威利船长说。

"好吧，你会听到的。"被称作博士的那人说，"我要是较起真来，这鸟不拉屎的小破地方人人都会听到的。"

"你是个不错的家伙。"威利船长说，"你怎么会这么重要的？"

"他是最亲密的朋友和最重要的顾问。"另一个人说。

"吹牛吧。"威利船长说，"他真那么厉害的话，跑基韦斯特来干什么？"

"他就是来度个假。"秘书解释道，"他就要——"

"够了，哈里斯。"被称作博士的人说，"现在能带我们过去了吧。"他微笑着说。这种微笑就是专门用在这种时候的。

"不，先生。"

"听着，你这打鱼的笨蛋。我会让你没好日子过——"

"是啊。"威利船长说。

"你没搞清楚我是谁。"

"这些都跟我没关系。"威利船长说，"是你没搞清楚你在哪儿。"

"那家伙是个私酒贩子，不是吗？"

"你琢磨什么呢？"

"说不定他头上还挂着悬赏。"

"那可不一定。"

"他是个违法者。"

"他有家有口，得赚钱吃饭，养活一家子人。在基韦斯特给政府干一礼拜活儿只能换六个半美金，你们他妈的又吃的是谁的血汗？"

"他受伤了。这就是说，他遇到麻烦了。"

"说不定他朝自己开枪玩儿。"

"收起你的阴阳怪气吧。把我们送过去，我们会接管那人和那条船的。"

"接管到哪儿去？"

"基韦斯特。"

"你是政府官员？"

"我已经跟你说过他是谁了。"秘书说。

"好吧。"威利船长说。他猛地打满舵，掉转船头，船离水岸那么近，螺旋桨搅起一阵泥浆。

船嘎嘎响着，朝着红树林边那艘船停靠的地方开去。

"你带枪了吗？"被称作博士的人问威利船长。

"没有，先生。"

此刻，两个穿法兰绒外套的男人一起站了起来，紧盯着私酒船。

"这可比钓鱼有趣多了，嗯，博士？"秘书说。

"钓鱼无聊透了。"博士说，"要是钓上来一条旗鱼，你能拿它干什么呢？又不能吃。这个才真有意思。我很高兴，亲自遇上了这事。他受伤了，逃不掉的。海上风浪太大了。我们认出了他的船。"

"你一只手就能逮住他。"秘书钦佩地说。

"而且不费一颗子弹。"博士说。

"不像联邦调查局，总干些没用的事。"秘书说。

"埃德加·胡佛[1]只会沽名钓誉。"博士说，"我觉得我们有点太纵容他了。"紧接着，他对威利船长说："靠边停。"

威利船长松开离合器，任由船漂着。

"喂，"威利船长冲另一艘船叫道，"别抬头。"

"你干什么？"博士愤怒地说。

"闭嘴。"威利船长说。"嘿。"他对另一艘船喊话，"听着。把船开到镇上去，不要慌。不用担心船。他们会照看

---

1 埃德加·胡佛（Edgar Hoover, 1895—1972），美国联邦调查局（FBI）首任局长，并自 1935 年开始任职至 1972 年去世。

好的。卸掉你的货，到镇上去。我船上有个家伙，从华盛顿来的，像是个探子。不是联邦调查局。是个探子。某个部门的什么头头。比总统还厉害，他自己说的。他要抓你。他觉得你是个私酒贩子，还抄下了你的船号。我从来没见过你，也不知道你是谁。我认不出你——"

船漂开了。威利船长继续叫着："我不知道这是什么地方，不知道在哪里见到你的，也不知道该怎么回到这里。"

"好的。"私酒船里回了一句。

"我会带这个大人物去钓鱼，一直钓到天黑。"威利船长叫道。

"好的。"

"他爱钓鱼。"威利船长大叫着，声音都快撕破了，"但这兔崽子瞎说钓上来的鱼不能吃。"

"谢啦，兄弟。"哈利的声音传过来。

"那家伙是你兄弟？"博士问，他脸涨得通红，可探听消息的劲头儿一点没少。

"不，先生。"威利船长说，"在船上，差不多人人都互相叫兄弟。"

"我们要去基韦斯特。"博士说，可听起来没什么底气。

"不，先生。"威利船长说，"你们两位绅士雇了我一整天。我就不能让你们白花钱。你管我叫笨蛋，可我还是要让你们用满这一整天的租约。"

"他是个老家伙了，"博士对他的秘书说，"我们该动粗吗？"

"别打歪主意。"威利船长说，"我会用这个敲你的脑袋，正中脑门。"

他朝他们亮出一根长铁管，那是他用来打鲨鱼的。

"你们这些绅士为什么不把渔线放下去，享受一下呢？你们跑这儿来，总不是为了找麻烦的吧。你们是来度假的。你们说旗鱼不能吃，可在这些航道上，你总归会钓上来几条。运气好的话，还能逮着石斑鱼。"

"你觉得怎么样？"博士问。

"最好别惹他。"秘书的眼睛还盯着铁管。

"对了，你们还弄错了一件事。"威利船长继续说，"旗鱼很好吃，和石首鱼一样。从前我们把它们卖到里约热内卢，再运到哈瓦那[1]市场去，那时候一磅能挣十美分呢，和石首鱼一个价。"

"噢，闭嘴。"博士说。

"我以为你们这些政府的人会关心这些事。我们吃的或者其他东西，难道不都是你们在定价吗？不是吗？搞得东西越来越贵什么的。搞得粮食越来越贵，鱼肉越来越不值钱。鱼价永远都在跌。"

"噢，闭嘴。"博士说。

私酒船上，哈利已经扔掉了最后一个麻袋。

1　里约热内卢是巴西首都，哈瓦那是古巴首都。

"把鱼刀给我。"他对黑人说。

"找不到了。"

哈利按下自动启动器，发动引擎。他找到一把小斧头，左手拿着，砍断了小锚的锚索。锚沉了下去。回头来捞货的时候就会找到它的，他心想。我要把船开到加里森湾船坞[1]里去，他们要找就找去吧。我得找个医生。我可不想没了船又丢了胳膊。这些货差不多和这条船一样值钱了。碎掉的不算多。碎个几瓶闻起来就很够呛了。

他推上离合器，借着潮水，船摇晃着离开了红树林。引擎运转良好。威利船长的船已经在两英里开外了，正朝博卡格兰德[2]开去。我猜，这会儿已经涨潮了，可以从那些湖里穿过去，哈利想。他推进右舷离合器，加大油门，引擎轰鸣起来。他能感觉到船头扬起，透着绿意的红树林从身边飞快滑过，仿佛树根下的水都被吸到船底了一般。但愿他们不会把船拿走，他想着。但愿他们能治好我的胳膊。谁能想到他们会冲我们开枪呢？我们在马里埃尔来来去去，六个月了，一直畅通无阻。古巴人就是这么对你的。有人没打点好关节，结果大家都跟着挨枪子儿。没错，古巴人就是这样。

"嘿，威斯利。"他说，回头看驾驶舱里，黑人盖着毯子躺在那里。"兄弟，你觉得怎么样？"

1　基韦斯特岛上的一处船坞。

2　佛罗里达西南部居住区地名，位于加斯帕利亚岛上。

"上帝啊。"威斯利说，"再没有比这更糟的感觉了。"

"等那些老医生检查你的伤口时，就会感觉更糟了。"哈利告诉他。

"你不是人。"黑人说，"你一点人味儿都没有。"

哈利在想，老威利是个好人。我们遇到了一个好人，那就是老威利。我们就该直接开进镇上去的，总比干等着强。干等着太蠢了。那会儿我一定是太晕了，太难受，连判断力都没有了。

现在，他能看到前方拉孔查旅馆的白房子了，还有无线电天线杆和镇上的房子。他能看到特兰波码头的汽车渡轮，他要在那里掉头，去加里森湾。那个老威利，他想着。他可算是给了他们好看。那些贪婪小人是谁？真想知道。该死，这会儿我感觉糟透了。头晕得厉害。我们该直接开进来的。真不该干等着。

"哈利先生，"黑人说，"很抱歉我没能帮你扔那些货。"

"得了吧。"哈利说，"只要中了枪，黑人就没一个顶用的。你算是个不错的黑小子了，威斯利。"

马达轰鸣，船高速前进，水浪拍打着船身，他感到一股奇怪的空虚感在心头回荡。每次行程结束回家时，他都有这种感觉。但愿他们能治好那条胳膊，他心想。我还要用那胳膊干很多事呢。

The Butterfly and the Tank
蝴蝶和坦克

这天傍晚，下着雨，我从新闻审查办公室出来，往佛罗里达旅馆走。半路上，觉得这雨下得人难受，便拐进奇科特酒吧打算喝一杯。这是马德里被包围的第二个冬天，成天枪林弹雨的，什么都短缺，包括香烟和人们的好脾气。不管什么时候，你总是半饥半饱，莫名其妙就突然发火，为的只是某件你无能为力的事情，比如这天气。我本该直接回去的。只有五个街口就到了，可看见奇科特的大门时，我想，可以去喝上一杯，这很快，喝完再穿过六个街区到格兰大道去。这一路的街道都被炸得满是烂泥碎石。

　　店里很挤。你根本到不了吧台边，所有桌子都坐满了人。店里充斥着烟味、歌声、身穿军装的男人，还有潮湿皮夹克的气味。吧台外里三层外三层地围满了人，酒只能从人群头顶上传递出来。

　　一个相熟的侍应帮我从别桌找到把椅子，我坐了下来，旁边是个白脸大喉结的德国瘦子。我认识他，他就在审查办公室工作，另外还有两个我不认识的人。这是张屋子中间的桌子，就在进门靠右一点的地方。

　　歌声太吵了，你连自己说话的声音都听不清。我叫了一杯金酒加安古斯图拉苦酒[1]，喝下去挡挡雨水的寒气。这地方真是太挤了，人人兴致都高得很，大多数人都喝着新酿的加泰罗尼亚酒，或许兴致有点太高了。同桌的女孩跟我说了什么，那两个我不认识的人大力拍着我的背，我什么都没听见，只好说，"是啊。"

四下打量过一圈，目光落回到自己桌上时，我才发现，那姑娘长得可够难看的，是真的难看。等到侍应过来，我才知道，她刚才是问我要不要喝一杯。和她一起的小子看起来一点也不起眼，可她给人的印象太深了，以至于你会把两人都记住。她是那种强硬的半古典式面孔，壮得像个驯狮人。和她一起的男孩看起来就应该戴着一条校友领带[2]。当然，他没戴。和我们所有人一样，他穿的也是皮夹克。只不过衣服没湿，说明他们下雨之前就进来了。她也穿着皮夹克，正配她的长相。

到这时候，我真希望自己没有拐进奇科特，而是直接回家。到了家里，就可以换掉衣服，一身清爽，舒舒服服地躺在床上喝杯酒，脚跷得高高的。这两个年轻人我已经看腻了。生命很短暂，丑陋的女人却可以让它变得十分漫长。虽然说，身为作家，应该对各色人都抱有无尽的好奇心，可坐在这张桌子边，我很确定，自己完全没有探究这两个年轻人的意思，他们

---

1 以安古斯图拉树皮萃取液调制的烈酒，安古斯图拉树皮是一种芳香的苦味药剂，被用作退热剂和滋补剂。

2 英国公学颁发给毕业生的领带，通常被视作社会阶层、身份地位的象征，有时带有守旧的意味。

是不是结婚了，怎么看待彼此，或是他们政见如何，或是他是不是有点钱，她是不是有点钱，不想知道任何有关他们的事。我猜他们准是在电台上班的。在马德里，不管什么时候，只要你看到长相奇怪的人，他们总是在电台工作。为了聊聊天，我只得提高嗓门，压过吵闹声，问："你们是在电台工作吗？"

"是啊。"女孩说。瞧，就是这样。他们在电台工作。

"你怎么样啊，同志？"我对德国人说。

"很好。你呢？"

"湿透了。"我说。他大笑起来，头转向一边。

"你没有香烟吗？"他问。我把香烟递过去，这是我的倒数第二包了。他拿了两根。那长相惹眼的女孩拿了两根，校友气派的年轻人拿了一根。

"再拿一根。"我大声说。

"不了，谢谢。"他答道。于是德国人又拿了一根。

"你不介意吧？"他笑道。

"当然不。"我说。我的确介意，他也明白。但他太想要香烟了，顾不上这个。歌声突然停了，或许只是稍稍中断一下，就像风暴有时候会暂停一下，这下我们说的话都能听清了。

"你一直蓝这里吗？"那相貌惹眼的女孩问我。她把"来"读成"蓝"。

"时不时地来一下。"

"我们一定得好好谈一次。"德国人说，"我想跟你聊聊。

咱们什么时候聊聊？"

"回头给你打电话。"我说。这德国人实在是个相当古怪的德国人，那些好德国人没一个喜欢他。他总以为自己钢琴弹得挺好，可只要别让他碰钢琴，他就还行。当然，喝上酒，或是有机会聊上八卦的话，又另当别论了，事实上，没人能让他远离这两样玩意儿。

传闲话是他最擅长的事，无论你提到任何人，马德里的、巴伦西亚的、巴塞罗那的，或是其他政治中心的，他总能知道那人最近的消息，而且全都是大丑闻。

就在这时，歌声又响了起来，你总不能提着嗓门聊八卦吧，看来奇科特的这个下午注定无聊了。我决定回请一轮后就赶紧离开。

这时出了一件事。一个平民拿喷雾器喷了一名侍应。这人穿着白衬衣、棕色外套，打着黑领带，额头相当高，头发齐刷刷往后梳，先前一直在挨桌胡闹。所有人都在哈哈大笑，除了那名侍应，他正端着满满一托盘酒，气坏了。

"No hay derecho.[1]"侍应说。意思是，"你没权利这么做"，在西班牙语里，这是最直接、最强烈的抗议。

拿着喷雾器的家伙为他的成功扬扬得意，看起来丝毫没有意识到一个要紧的现实，这是进入战争的第二年，他身处在一座被包围的城市中，人人都绷紧了弦，这地方只有四个穿平民

1　此处为西班牙语。

服装的人，而他是其中的一个。他又对准另一名侍应喷起来。

我环顾四周，想找个地方避一避。那个侍应也生气了，喷雾器男人又喷了他两次，毫无顾忌。有的人还是觉得这很好玩，包括那个惹眼的姑娘。但那侍应站在那里，摇着他的头。他的嘴唇发抖。这是个上了年纪的人，就我所知，已经在奇科特工作了十个年头了。

人们在哈哈大笑，可是歌声低落下去了。喷雾器男人没有注意到，还在用他的喷雾器喷侍应的后脖颈。侍者转过身来，抓着他的托盘。

"No hay derecho."他说。这次不是抗议，是控诉。我眼看三个穿制服的男人从一张桌子边起身，逼向喷雾器男人，紧接着，四个人推搡着出了旋转门，能听到有人扇了喷雾器男人一个耳光。有人捡起喷雾器，追着他的背后扔出门外。

三个男人回来了，面容严肃、强硬，一副大义凛然的模样。门又转了一圈，喷雾器男人进来了。他的头发耷拉下来遮住双眼，脸上带着血迹，领带歪到一边，衬衣被拽开了。他还拿着喷雾器，眼神狂乱，脸色苍白，一进屋，就举起喷雾器对着满屋的人，挑衅似的胡乱喷起来。

那三个男人中的一个冲向他，我看清了这个男人的脸。这次，更多人和他一起，他们把喷雾器男人逼到进门左手边的两张桌子之间，喷雾器男人反抗得很厉害，枪声响起时，我一把抓住惹眼女孩的胳膊，拉着她一起冲向厨房门。

厨房门关着，我用肩膀去顶，可顶不开。

"蹲在吧台这个角落后面。"我说。她在角落里跪下来。

"趴下来。"我说，把她按下来。她愤怒极了。

屋里，人人都掏出了枪，除了那个德国人，他躲在一张桌子下面，还有那个公立学校模样的男孩，他紧贴一个墙角站着。靠墙的长凳上有三个染金发的女孩，发根处透出了黑色，她们踮起脚尖探头去看，尖叫个不停。

"我不怕。"惹眼的那女孩说，"这太荒唐了。"

"你不会想搅进酒吧斗殴里，再挨上一枪的。"我说，"要是那个喷雾大王有朋友在这里，说不定会闹得更糟。"

可很显然，这里没有他的朋友。因为大家都陆续收起了枪，有人把尖叫的金发女郎抱了下来，枪声响过，人群渐渐散开来，喷雾器男人躺在地上，仰面朝天，无声无息。

"警察来之前谁都不能走。"有人站在门口大叫。

两个佩来复枪的警察已经站在了门口，他们刚才正在街上巡逻。随着这声宣告，只见六个男人像橄榄球队似的排成一列，排开人群，径直冲着大门走去。其中有三个就是一开始把喷雾大王推出去揍了一顿的。还有一个是开枪打他的。他们从两个带枪警察的正中间穿了过去，就像是在橄榄球比赛里打了个漂亮的掩护，完成了拦截过人一样。他们刚一出去，一个警察就端起他的来复枪往门上一横，叫道："谁都不许离开。一个都不行。"

"那几个人为什么能走？既然有人能走，凭什么把我们关在这里？"

"他们是工程师，得回飞机场去。"有人说。

"反正都有人走了，再把其他人扣住就蠢透了。"

"每个人都必须等到保安部门来人。必须按法律和规矩办。"

"可是已经有人走了，再扣下其他人，这有多蠢，你不明白吗？"

"谁都不许离开。所有人都必须等着。"

"真是滑稽。"我对惹眼姑娘说。

"不，才不是。这纯粹是可怕。"

现在我们都站起身来了，她愤怒地注视着喷雾大王躺着的地方。他的胳膊摊开着，一条腿屈起。

"我要过去帮那个受伤的可怜人。为什么没人帮帮他，为他做点儿什么？"

"要是我，就不管他。"我说，"你总不会想搅进这种事里面去的。"

"可这太不人道了。我受过护理培训，我要过去给他急救。"

"我可不会去。"我说，"别靠近他。"

"为什么不？"她很焦躁，几乎歇斯底里了。

"因为他已经死了。"我说。

警察来了以后，把所有人扣了三个小时。首先是闻每个人的手枪。这样他们就能判断谁刚刚开过枪。闻过差不多四十支枪以后，他们似乎不耐烦了，反正闻来闻去都是潮乎乎的皮夹克味儿。然后，就在死去的喷雾大王后面，他们放上一张桌子，坐下来开始查看人们的证件。喷雾大王躺在那里，活像一尊他本人的灰白变形蜡像，灰白的蜡手，灰白的蜡脸。

喷雾大王的衬衫被扯开了，能看到里面没有穿汗衫，鞋底也已经磨出了洞。躺在地板上的他，模样显得很小，很可怜。你得跨过他才能走到两个便衣警察的桌子跟前，他们就坐在那里检查每个人的身份证件。那个丈夫紧张得反复翻找证件，找了好几次。他有安全通行证，却错放在了某个口袋里，所以一直在找，汗出个不停。找到以后，他又把它放进另一个口袋里，然后不得不从头再翻一遍。这过程里，他一直大汗淋漓，弄得头发都打起了卷，脸涨得通红。这会儿看起来，他不只是要戴校友领带，还应该配上一顶低年级男孩的帽子。只听说过磨难催人老。这下可好，一场枪击倒好像让他年轻了十岁。

干等着的时候，我对那惹眼的姑娘说，我觉得这整件事真是个非常好的故事，打算将来把它写出来。那六个人排成一列冲出门的情形实在是太让人难忘了。她大吃一惊，说我不能写，因为这会损害西班牙共和国的伟大事业。我说，我在西班牙已经待了很长时间了，从前，帝国时期时，巴伦西亚附近的枪击事件多得惊人，共和国之前的数百年里，安达卢西亚的人们总是挥舞着被称为"纳瓦哈斯[1]"的大刀砍来砍去，现在，既然我在战时的奇科特目睹了一起枪击，那就能写下来，跟写纽约、芝加哥、基韦斯特或马赛[2]的故事一样，没有区别。这

1　西班牙语"navajas"，意思是"刀"。

2　巴伦西亚、安达卢西亚均为西班牙地名，纽约、芝加哥和基韦斯特为美国地名，马赛是法国地名。

与政治无关。她说我不该写。或许还有很多其他人也会说我不该写。不过，那德国人倒好像觉得这是个相当不错的故事，我把最后几支骆驼香烟也给了他。总之，不管怎样，到最后，三个小时以后，警察宣布我们可以走了。

佛罗里达旅馆里的人们都在为我担心，因为那些日子里枪炮不断，如果你步行回家，却在七点半酒吧打烊后还没能回去，人们就会担心了。我很高兴能回来，大家一起用电炉做晚饭时，我讲了这个故事，效果非常好。

夜里雨停了，第二天早晨天气晴朗，是个寒冷的初冬好天气，这真不错。十二点四十五分，我推开奇科特的旋转门，打算在午饭前喝杯金汤力[1]。这个时间，店里几乎没什么人，两名侍应和经理都走了过来，全都笑眯眯的。

"他们抓住凶手了吗？"我问。

"别一大早上就开玩笑。"经理说，"你看到他开枪了吗？"

"是的。"我告诉他。

"我也看见了。"他说，"事情发生时我就在那里。"他指指角落的桌子。"他把枪顶在那男人胸口开的枪。"

"他们把大家扣到多晚？"

"哦，一直到今天凌晨两点过后。"

"他们早上十一点才来处理fiambre。"这是个西班牙俗

---

1 用金酒和汤力水调的鸡尾酒。

语，既表示尸体，也用在菜单上，意思是冷盘肉。

"不过你还不知道究竟是怎么回事呢。"经理说。

"对啊，他还不知道。"一名侍应说。

"这可是个稀罕事。"另一位侍应说，"Muy raro[1]."

"还很悲哀。"经理说。他摇摇头。

"是的。又悲哀又古怪。"侍应说，"非常悲哀。"

"说来听听。"

"这可是个稀罕事。"经理说。

"告诉我。快，说说看。"

经理隔着桌面探过身来，很机密的样子。

"你知道吗，那个喷枪里面，"他说，"灌的是古龙水。可怜的家伙。"

"所以那也不算什么太低劣的玩笑，明白吗？"侍应说。

"不过就是为了逗个乐而已。本该没人生气的。"经理说，"可怜的家伙。"

"我明白了。"我说，"他只是想让大家都乐一乐。"

"是啊。"经理说，"归根结底，这就是个不幸的误会。"

"喷雾器呢？"

"警察拿走了。已经还给他家里人了。"

"我猜他们很高兴能拿回去。"我说。

"是的。"经理说，"当然。喷雾器总是有用的。"

1　西班牙语，意思是"非常罕见"。

"他是什么人？"

"一个木匠。"

"结婚了？"

"是的。今天早晨他老婆和警察一起来过了。"

"她说什么了？"

"她一下子跪倒在他身边，说，'佩德罗，他们对你干了什么啊，佩德罗？是谁干的？噢，佩德罗。'"

"后来警察就把她拖走了，因为她已经失控了。"侍应说。

"他胸部好像有点毛病。"经理说，"运动刚开始的时候他曾经参加过战斗。他们说他在山地那边打过仗，可他的胸病太严重，没法继续下去。"

"所以，昨天下午他只不过是跑到城里来，给大家提提劲儿的。"我猜测道。

"不是。"经理说，"你瞧，这事真是稀奇。怎么看都稀奇极了。我是从警察那里听说的——给点时间的话，他们还是挺有效率的。他们询问了他工作的商店的同志。他衣服口袋里有卡片，他们是从卡片上知道他的工作地点的。昨天他买了个喷雾器，还有一瓶古龙水[1]，打算带到一个婚礼上去开开玩笑。他跟人说起过这个主意。东西就是在街对面买的。他们在洗手间里找到了空古龙水瓶子，标签上有地址。他就是在洗手间把东西灌进喷雾器的。买好东西以后，他就到店里来了，肯定是

---

[1] 此处原文为西班牙语"agua de colonia"。

下雨之前就进来了。"

"我记得他是什么时候来的。"一名侍应说。

"店里很热闹，欢歌笑语的，他也就乐起来了。"

"没错，他很兴奋。"我说，"他当时到处跑来跑去。"

经理继续着他自说自话的西班牙逻辑。

"胸部不好的人喝了酒就会兴奋成那个样子。"他说。

"我不太喜欢这个故事。"我说。

"听下去，"经理说，"这多稀奇啊。他的兴奋一对上战争这种严重的事，就像只蝴蝶……"

"嗯，是很像蝴蝶，"我说，"太像了。"

"我不是在开玩笑。"经理说，"你明白吗？就像是蝴蝶和坦克。"

这让他很得意。他已经完全进入地道的西班牙玄学里了。

"喝一杯，店里请客。"他说，"你一定要用这事来写篇小说。"

我还记得那个喷雾器男人的模样，灰的蜡手、灰的蜡脸，胳膊大大摊开，腿屈起，看起来还真是有点像蝴蝶。你知道，也不是特别像。但看着也不那么像个人。他给我的感觉，更像是死去的麻雀。

"我要一杯金汤力，用怡泉的奎宁汤力水。"我说。

"你一定要用它写个故事。"经理说，"请吧。来，祝你好运。"

"好运。"我说，"可你瞧，昨晚有个英国姑娘说我不该写这事。说这会大大有损于国家大业。"

"胡说八道。"经理说，"这事很有趣，也很有意义，被误解的兴奋，对上了要命的严肃，这地方总是那么一本正经。对我来说，这是这阵子见过的最有价值、最有意思的事情了。你一定得写写。"

"好吧。"我说，"当然。他有孩子吗？"

"没有。"他说，"我问过警察了。但你一定要把它写出来，题目一定要叫《蝴蝶和坦克》。"

"好吧。"我说，"一定。不过我不太喜欢这个题目。"

"这个标题非常优雅。"经理说，"这是纯文学的。"

"好吧。"我说，"是的。我们就用这个题目，《蝴蝶和坦克》。"

那个晴朗明亮的上午，店里闻起来干净清爽，刚刚通过风，打扫得干干净净。我坐在那里，和经理一起，他是个老朋友了。我们一起打造出了文学，他兴致正高，我啜了一口金汤力，看向窗外，窗户上堆了沙袋。我想着那位妻子跪倒在地，说："佩德罗，佩德罗，是谁对你下的毒手啊？佩德罗！"想着，就算警察找出了开枪的人，大概也永远都不能告诉她。

Black Ass at the Cross Roads

岔路口感伤记

我们中午之前赶到了岔路口，还误杀了一个法国平民。看到第一辆吉普时，他从我们右边农舍那头的田里跑过。克劳德命令他站住，可他还是跑，雷德便开枪打中了他。这是他那天杀的头一个人，他高兴极了。

　　我们都以为他是德国人，偷了身平民的衣服。可最终却发现他是法国人。不管怎么说，他身上的证件是法文的，写着他来自苏瓦松[1]。

　　"没的说，他肯定是个通敌者[2]。"克劳德说。

　　"他在跑，不是吗？"雷德问，"克劳德叫他站住了，是用标准法语说的。"

　　"本子上写他是通敌者。"我说，"把证件放回他身上。"

　　"他既然是苏瓦松的，跑这儿来干什么？"雷德问，"苏瓦松在该死的那一边。"

　　"他跑在我们部队前头，肯定是个通敌者。"克劳德补充道。

　　"他就长了一副贼眉鼠眼的模样。"雷德低头看着他。

1　法国东北部城市，位于埃纳河畔。
2　此处原文为法语"Sans doute c'était un Collabo"。

"你也太夸张了点儿。"我说，"听着，克劳德。把证件放回去，别动他身上的钱。"

"别人会拿走的。"

"你不能拿。"我说，"德国佬身上有的是钱。"

接下来，我开始布置，如何安排两辆汽车，把哪里设为"买卖"开张的动手点，还派奥内西姆穿过两条马路，到田地对面挂着百叶窗的小酒馆里去，打探之前路上的情况——这是逃亡的必经之路。

跑过去的人可不少，多半都是走右手边那条路。我知道还有更多人会来，便回头步测了一下从马路到我们两个伏击点的距离。我们用的是德国佬的武器，就算有往路口来的人听到声音，也不会引起他们的警惕。伏击点设在路口后面，有一段距离，免得把路口弄得一团糟，像个屠宰场似的。我们还指望他们一个接一个地来到路口，不要犹豫。

"真是个漂亮埋伏。"克劳德说。雷德问他说的是什么。我告诉他，就是平常说的陷阱。雷德说，他可得记住这个词。他如今倒有半数时间在说他的法语，要是得了个命令的话，说不定答起话来也会用上他所谓的法语。这很逗，可我还挺喜欢的。

这是夏末时节，天气很好，后来的夏天里都少有这样的好天气。我们趴在伏击点上，就在肥料堆后面，有两辆车打掩护。那个肥堆很大，味儿挺重，非常结实。我们在沟渠后的草地上躺下，青草的味道跟每个夏天的气息一样，两棵树为两个伏击点都提供了一片树荫。这两个点可能太靠前了些，不过只要你火力充足，来的人够急，那就永远不嫌太靠前。一百码，够了。五十码，最好。我们比这还近。当然，在这种事情上，不管怎样都会显得太近。

也许有人不认同这样的安排。但我们必须能尽快往返，得尽可能把路面清理干净。至于汽车，我们没什么办法，好在就算有车开过来看到，也多半会以为它们是被飞机炸坏的。虽说这天没有飞机来过，可来的人不会知道，根本就没有飞机经过这里。任何正匆忙逃亡的人看待事情都是不太一样的。

"我的队长，"雷德对我说，"要是我们的先头部队听到这里响的都是德国佬的武器，不会把我们给灭了吧？"

"我们两辆车上都有警哨，他们会看到先头部队的位置，给他们发信号的。别紧张。"

"我没紧张。"雷德说，"我已经打死了一个通敌者，货真价实的。我们今天干成的就这一桩，回头咱们得在这里多杀点儿德国佬。不是吗，奥尼[1]？"

奥内西姆说了句"狗屁"。紧接着，我们就听到一辆车开过来的声音，速度很快。我看着它开过来，路边长着山毛榉树。这是一辆伪装过的灰绿色大众汽车，超载了，车上挤满了戴钢盔的人，看起来他们像是要去赶火车。路边有两块石头，可以当作瞄准的参照物，那是我从一户农家的墙上拆下来的。等

---

1 奥尼是奥内西姆的昵称。

大众汽车过了岔路口，沿着那条笔直的逃生路上山，离我们越来越近时，我对雷德说："车到第一块石头，干掉司机。"又对奥内西姆说："一人高度，机枪扫射。"

雷德开枪之后，大众的司机就再没能控制汽车。头盔挡住了，我看不见他的脸。但他双手松开了，没有握紧，也没有把住方向盘。在司机的手松开之前，机枪就开火了，汽车栽进沟里，把车上的人摔了下来，像慢镜头一样。有人摔到了路上，第二伏击点的兄弟一枪一个，点掉了他们。一个人打着滚，另一个人开始匍匐，我刚看到，克劳德就把他们俩都干掉了。

"我觉得我正中了司机的脑袋。"雷德说。

"别得意忘形了。"

"从这个距离开枪，子弹总会有点上抛。"雷德说，"我尽可能瞄着他最低的部位开枪的。"

"伯特兰。"我冲着第二小组喊，"你和你的人去把他们从路上拖开，拜托。所有本子[1]都拿来给我，钱你拿着分了。快点把他们搬开。雷德，去帮把手，把他们扔到沟里去。"

清理工作进行时，我一直盯着西面小酒馆远处的马路。除非一定要自己动手，我从不看清理战场的事。看打扫战场对你没好处。对我没好处，对别人也一样没好处。不过我是头儿。

"奥尼，你干掉了几个？"

"总共八个，我猜。我的意思是，都打中了。"

---

1 原文为德语，意思是"野外作业记录本"。

"这个距离——"

"这也没什么难的。但我们用的可是他们的机枪。"

"我们得快点，重新布置好。"

"我觉得那辆车应该还没被打得太糟糕。"

"回头再去检查。"

"听。"雷德说。我听见了，赶紧吹了两下哨子。所有人都退了回去，雷德还拖着最后一个德国佬，抓住他的一条腿，颠得他脑袋乱晃。埋伏重新布好了。但什么都没来。我有点担心。

我们的任务很简单，就是要在这条逃亡路线的两侧布防。从技术上说，我们没有真正做到横跨两侧布防，因为人手不够，没办法在道路两侧都设下伏击点，再说了，我们也没有足够的装备来应付装甲车。尽管这样，每个伏击点上也配了两台德国造的反坦克榴弹发射器[1]。比常用的美式火箭炮威力大得多，用起来也简单，弹头更大，发射筒还能扔掉。不过，我们最近缴获的这玩意儿上经常被装了饵雷，要不就是已经被弄坏了，都是从德国人手里缴来的。所以我们只用那些最新鲜的货色，还得从整批货里随机抽几个，找个德国俘虏先试一试。

被非正规部队逮住的德国俘虏通常都非常配合，简直就像是酒店领班或小外交官似的。总之，我们老觉得德国人都是些误入歧途的童子军。这是另一种表示赞美的方式，意思

1　此处原文为德语"Panzerfausten"，即反坦克榴弹发射器，俗称"装甲拳"或"铁拳"。

是说，他们都是非常好的战士。我们不是什么好战士。我们擅长的都是肮脏的行当。在法语里，我们这么说："un métier très sale（相当肮脏的行当）."

经过再三审问，我们得知，所有从这条路撤退的德国人都是要到亚琛[1]去的。我还知道，被狙杀在这里的人，没有一个能出现在亚琛，也不能再去防守德国西线。这道理很简单。事情一简单，我就喜欢。

现在，我们看到了，这次是骑自行车的，德国人。一共四个，骑得飞快，但已经都累坏了。他们不是自行车部队[2]的人，只是普通德国兵，骑着偷来的自行车。打头的骑士看见了路上的新鲜血迹，一转头又瞧见了汽车，便用尽全身力气加速，穿靴子的右脚一蹬，重重踩下右踏板。可我们已经瞄准他和其他人开了火。中弹的人从自行车上摔下去，这看着总归是件惨事儿，但比不上驮人的马中弹，或者一头奶牛闯进炮火中被打穿肚子来得惨。只是这么近地看着人从自行车上被打下来，太近了，总让人觉得有什么不太对劲。一共是四个人，四辆自行车。离得非常近，什么都能听见，自行车翻倒在路上时尖细的可怜声音，人摔在地上的粗笨声音，装备的哗啦声。

"快把他们从路上拖开。"我说，"把四辆自行车藏起来。"

---

1 德国最西端的城市，位于与比利时、荷兰交界的边境线上，二战期间被纳入了德国西部边界最重要的齐格菲防线之中。1944 年 10 月 2 日至 21 日，这里爆发了二战中的重要战役，亚琛战役。

2 德国特设的部队兵种，在一战中已经出现，二战应用更为广泛，以其机动灵活的特性，而主要应用于巡逻、侦察、联络、警戒和小规模突袭。

我扭头看向马路时，小酒馆的一扇门开了，两个戴帽子、穿工作服的平民走出来，一人拿着两个瓶子。他们晃晃悠悠地过了岔路口，转身向埋伏点后面的田里走来。两人都穿着毛衣、旧夹克、灯芯绒裤子和农夫靴。

　　"看着他们，雷德。"我说。他们笔直往前走，一手抓着一个瓶子，还把瓶子举过头顶。

　　"看在上帝的份上，趴下。"我大喊。他们趴下来，匍匐着爬过草地，瓶子夹在胳膊底下。

　　"我们是兄弟。"其中一个叫道，声音低沉，酒意十足。

　　"上前来，喝糊涂了的兄弟，过来让我们认认。"克劳德回答。

　　"我们过来了。"

　　"这枪林弹雨的，你们跑出来干什么？"奥内西姆喊。

　　"我们带来点小礼物。"

　　"我们在那边时干吗不送？"克劳德问。

　　"啊，情况不一样了，同志。"

　　"变好了？"

　　"差不多吧。"第一个酒鬼同志说。另一个平躺着，递过一个瓶子来，声音沙哑着说："我们不得跟新同志问个好吗？"

　　"你们好，"我说，"想来打一仗吗？"

　　"用得着我们的话。不过，我们来是想问一下，那自行车能不能给我们？"

　　"等完事儿以后。"我说，"你们服过兵役吧？"

"当然。"

"很好。你们一人拿一支德国来复枪、两匣子弹，顺着马路往上走两百码，埋伏在我们右边，从这里跑过去的德国人，有一个干掉一个。"

"不能和你们待在一起吗？"

"我们是专业的。"克劳德说，"照队长的话做。"

"上去，找个好位置，别对着下面开枪。"

"戴上臂章。"克劳德说。他有一口袋的臂章。"你们现在是游击队员[1]了。"他没把话说全。

"然后我们就可以拿走那些自行车了？"

"要是没用上你们，一人一辆。帮上忙了，一人两辆。"

"钱怎么算？"克劳德问，"他们用的可是咱们的枪。"

"钱给他们。"

"他们可不值那么多。"

"钱都带回来，回头分你们一份。跑快点。藏好了。"

"他们可都是烂酒鬼。"克劳德说。

"拿破仑那时候他们也是烂酒鬼。"

"这倒是。"

"当然是。"我说，"这方面你就放心吧。"

我们趴在草地上，草叶间尽是地道的夏天味道。苍蝇开始

---

1 法语中用以指代非正规武装编制，最初出现于普法战争（1870—1871）中，后被借用到二战对抗德国的法国抵抗运动中。

聚集到死尸上，有普通苍蝇，也有青头大苍蝇，黑色路面上，落在血迹边缘的却是些蝴蝶。黄的白的蝴蝶，围绕着一摊摊血迹和血痕，血痕是拖动尸体时留下的。

"蝴蝶还吃血啊，这我倒不知道。"雷德说。

"我也不知道。"

"当然了，我们打猎那会儿太冷了，根本就没有蝴蝶。"

"我们在怀俄明打猎的时候，'拴马桩'地鼠[1]和土拨鼠全都藏起来了。那才9月15日呢。"

"我要仔细瞧瞧，看它们是不是真的吃血。"雷德说。

"要我的望远镜吗？"

他看了会儿，说："我看啊，还真不好说。它们对那玩意儿真的感兴趣。"他转过身，对奥内西姆说："奥尼，瞧这些德国臭瘪三。枪也没有，望远镜也没有。他妈的什么都没有。"

"钱倒是不少。"奥内西姆说，"咱们这趟可赚了不少。"

"可他妈的没地方花。"

"以后会有的。"

"我现在就想花。"雷德说。

克劳德从两个瓶子中拿过一个，用他童子军德国军刀上的螺丝起子打开。闻了闻，递给我。

"是酒。"

另一队也在享用他们那一份了。他们是我们最好的伙伴，

1　北美一种地松鼠，并不是真正的囊地鼠，因为站立不动时很像拴马桩而得名。

可一分开，他们就像是变了个人，汽车更是一副后方指挥所的模样。人与人真是太容易疏远了，我心想。你得小心。这又是一件得小心的事情。

我就着瓶子喝了口酒。酒很烈，是高纯度的，一口下去就跟点了一团火似的。我把酒递回给克劳德，他转手递给了雷德。他一口闷下去，眼泪都出来了。

"奥尼，他们这里用什么来酿酒？"

"土豆吧，我猜的。还有铁匠坊里找来的马蹄边皮。"

我翻译给雷德听。"我什么都喝过，还就没喝过土豆酒。"他说。

"他们用旧木桶发酵，上面有些生锈的铁钉，用来增添风味。"

"我得再来一口，压压嘴里那股味儿。"雷德说，"我的队长，咱们要死就一起死，对吧？"

"全世界人民，你们好。"我说。这是个老笑话，关于一个阿尔及利亚人的，从桑特监狱[1]到断头台的路上，人家问他有什么遗言，他就这么回答的。

"敬蝴蝶。"奥内西姆喝了一口。

"敬铁钉桶。"克劳德举起瓶子。

"听。"雷德说，把瓶子递给我。我们都听到了履带车的声音。

---

1 法国最著名的监狱之一, 位于巴黎左岸的蒙帕纳斯地区。

"他妈的，头奖啊。"雷德说，"A long ongfong de la patree, le fucking jackpot ou le more（前进吧，祖国之子，他妈的头奖请多多来）[1]。"他轻声哼唱，钉子桶酒这会儿对他已经没用了。我又喝了一大口钉子酒，大家趴了下来，把所有东西都检查了一遍，然后便紧盯着左边的来路。出现了。是一辆德国佬的半履带车，车上挤满了人，全都只能站着。

当你在逃亡路线上设伏时，应该在马路对面布四个泰勒地雷[2]，有多的话，五个更好，都打开保险。地雷平放的样子跟圆形棋子差不多，只不过比最大号的汤盘还大，像一只只蹲着的癞蛤蟆，等着要人命。把它们围成半圆，盖上割下来的草，用一根粗焦油绳连起来，你在任何一家船运杂货店里都能买到这种绳子。焦油绳一头系在标注整公里数的里程标上，这种标碑被称为 borne，每0.1公里一标的小界石也行，再要不就是任何能够完全固定的东西。让绳子松松横过马路，绕个圈，由第一或第二个伏击点来掌控都行。

开过来的超载兵车是重装防卫的那种，司机只能透过瞭望口看路，重武器高高架起，防备空袭。车越来越近，我们都紧紧盯着，这车塞得真是太满了。车上全是党卫军，现在连领章都能看到了，面孔也清晰起来，越来越清楚。

1　这里篡改了法国国歌《马赛曲》的歌词，夹杂进了英文单词。原曲歌词为"Allons enfants de la Patrie, Le jour de gloire est arrivé（起来吧，祖国儿女，光荣的日子已到来）"。

2　二战时德国制造的一种反坦克地雷。

"拉绳。"我冲第二队喊。绳子一收紧,地雷就从半圆圈里被拉了出来,横在路面上。我心想,这一看就知道是盖了草的泰勒地雷啊。

现在,司机应该能看到了,他要么停车,要么继续开过来,压上地雷。你不能袭击一辆开动着的武装车辆,可只要他刹车,我就能用德国大头火箭炮打中它。

半履带车来得很快,车上人的脸现在一清二楚。他们全都低头瞧着车头前的路面。克劳德和奥尼脸色发白,雷德面颊抽动。我觉得整个人都空了,跟往常一样。很快,半履带车上有人看见了血迹、沟里的车和尸体。他们操着德语大叫大嚷,司机和他的随行军官已经发现了路上的地雷,他们猛地一转,急刹车停下,刚要开始倒车,火箭炮已经轰了上去。两个伏击点都冲着他们开了火。半履带车上的人自己也有地雷,正急急忙忙地布设他们自己的路障,想要掩护一下幸存者。要知道,德国佬的火箭炮轰上去时,汽车直接炸了,我们全都埋下了头,空中跟喷泉似的,什么都在往下掉。金属片,还有其他东西。我看了看克劳德、奥尼还有雷德,他们都在继续射击,我也捞过一支施迈瑟[1],瞄准瞭望口扫起来。我背上湿漉漉的,后脖颈里也塞满了东西,不过我看到了飞上天的都是些什么。让人不明白的是,这车为什么没被掀翻,或是撕个开膛破肚。反倒就那么直接炸开了花。我们车上的五零式[2]也都在开火,吵极

---

1 即MP40,一种德国冲锋枪,广泛应用于二战、冷战、朝鲜战争和越南战争中。

2 即五零式冲锋枪,通常装备在坦克或其他作战车辆上。

了，什么都听不见。半履带车上没人露头，我猜满车人大概都完了，正打算挥手让五零式停下来，就在这时，有人从车里扔出一颗木柄手榴弹，刚刚好在马路外沿爆炸。

"他们连自己的死人都开杀了。"克劳德说，"我能上去再喂它两颗吗？"

"我能再给它一记火箭炮。"

"别。一次就够了。就这还有东西噼里啪啦往我背上掉。"

"好吧，那你去吧。"

他匍匐在草地中，借着五零式的火力掩护，蛇行向前，拿出一枚手榴弹，拉开保险销，松开保险握片，握在手里，等它冒了会儿白烟之后才高高抛出，投到了半履带车的另一面。手榴弹的爆炸声吓人一跳，连碎片打在装甲上的声音都能听见。

"出来。"克劳德用德语说。一架德国机关枪从右边的瞭望口往外扫射起来。雷德对着瞭望口打了两枪。机枪又开火了。很显然，我们打不到它。

"出来。"克劳德喊话。机枪再一次开火，咔嗒咔嗒的，像小孩拿棍子拖过篱笆的声音。我动手还击，动静也一样傻。

"快回来，克劳德。"我说，"雷德，你打这个口子。奥尼，你管另一个。"

克劳德迅速返回时，我说："他妈的德国杂种。我们得再来一发。以后总能再弄到的。反正先头部队也快来了。"

"这是他们的殿后部队，"奥尼说，"这辆车。"

"上去打。"我对克劳德说。他对着它开枪，车头已经没了影。他们进到了车里，里面说不定还能找到钱和发饷本。我喝了一口酒，冲车上挥挥手。拿五零式的兄弟们双手举过头顶挥舞着，像拳击手一样。我坐下来，背靠着树，东想西想，眼睛望着来路。

他们把能找到的发饷本都带了回来，我把它们收进帆布袋，和其他的放在一起。没有一本是干的。车里钱不少，也全湿了。奥尼和克劳德还跟二队的人一起割下了不少党卫军的肩章，搜罗了所有能用的武器，坏的也有几把，全都装在一个有红色横条纹的帆布袋里。

我没碰钱。那是他们的事，不管怎么说，我总觉得碰了就会倒霉。不过收缴回来的钱真是够多的。伯特兰递给我一枚铁十字勋章[1]，一等的，我放进了衬衣口袋里。有的东西，我们会保留一段时间，但过后也都送掉了。我从不愿保留东西。到最后总会倒霉的。就算留下了什么，我也总是希望晚一点就能还回去，或是送到他们家人手里。

那组人看起来像是刚刚经历了一场屠宰场的爆炸，被兜头淋了一场血肉雨似的。半履带车肚子里出来的几个人看着也没清爽多少。要不是发现有多少苍蝇绕着我的后背、脖子和肩膀打转，我还不知道自己看起来有多糟糕。

半履带车横在路中间，任何车要开过去都不得不减速。这下个个都发财了，我们一个也没放过，这地方一片狼藉。我们

---

1 德国颁发的军功奖章，二战期间的铁十字勋章分为一等勋章和二等勋章两种。

必须得改天再来开仗了。我很确定，这辆就是殿后车，再待下去，最多也就是逮到几个散兵游勇和倒霉蛋了。

"把地雷拆了，东西都拿上，我们回农舍去，整理一下。待在那儿我们也照样能看牢这条路，大家都知道。"

他们每个人都背了不少东西，个个都兴奋得很。车就留在原地。我们就着农家院子里的水泵清洗了一番。雷德先帮奥尼、克劳德和我处理伤口，全是被金属片划破擦破的，涂上碘酒，撒上磺胺粉，然后克劳德再去帮他。

"这农舍里没什么能喝的吗？"我问勒内。

"不知道。我们一来就忙着啊。"

"进去看看。"

他找出几瓶红酒，还能喝。我坐在一边，检查检查武器，说说笑话。我们规矩很严，但不太拘礼，除非回到师部，或是存心要摆摆架子。

"又是一场空欢喜。"我说。那是个很老的笑话。有阵子我们队里有个无赖，每次我想放长线钓大鱼时，他就会冒出这么一句。

"真可怕。"克劳德说。

"受不了。"米歇尔说。

"我吗，我可干不下去了。"雷德说。

"我，我就是法兰西。"奥内西姆说。

"你还打吗？"克劳德问他。

"不打了。"雷德回答，"指挥一下倒是可以。"

"你打吗？"克劳德问我。

"绝不。"

"你衬衫上怎么全是血？"

"我刚接生了一头小牛。"

"你是助产士？还是兽医？"

"我能说的只有名字、军衔和编号。"

我们又喝了些酒，看着马路，等待先头部队到来。

"该死的先头部队在哪里？"雷德问。

"这是他们的机密，我可不知道。"

"小股短暂交火时他们没来，这我倒是挺高兴的。"奥尼说，"告诉我，我的队长，发射那大家伙时你什么感觉？"

"整个人都空了。"

"那你在想什么？"

"我只希望上帝保佑，别打偏了。"

"我们实在是运气，他们可够肥的。"

"或者说，幸亏他们没有退回去布防。"

"别把我的这个下午弄砸了。"马塞尔说。

"两个德国佬，骑自行车。"雷德说，"从西边过来。"

"够胆量。"我说。

"又是一场空欢喜。"奥尼说。

"谁想打？"

没人想动手。来人稳稳地蹬着脚踏板，向前弓着身，只是靴子踩在踏板上显得太大了些。

"我用M-1[1]来打一个试试。"我说。奥古斯特把枪递给我，等头一个骑自行车的德国人过了半履带车，从树木间显出身形，有瞄准的视野了，我才开枪，他摇摇晃晃的，我没打中。

"不大好。"雷德说。我又试了一次，瞄得靠前一些。德国人从车上掉了下来，看着怪让人悬心的，他躺在路上，自行车翻倒在一旁，一个轮子还空转着。另一个自行车手加紧蹬了几脚，很快，那些兄弟们也开火了。我们能听到他们嗒砰嗒砰的射击声，很密集，可完全没用，自行车手照样在蹬车，跑得无影无踪。

"兄弟们真他妈没用。"雷德说。

接着我们就看见那俩兄弟撤了下来，回到大部队里。那一队的法国人都又羞又恼。

"你能毙了他们吗？"克劳德问。

"不。我们不杀酒鬼。"

"又是一场空欢喜。"奥尼说。大家都感觉好受了些，可还是不够好。

头一个伙计衬衫里藏着一瓶酒，停下来亮武器时露了出来，他说："我的队长，这可是一场地地道道的屠杀啊。"

"闭嘴。"奥尼说，"袖章拿下来给我。"

"可我们掩护了右翼。"那伙计说，声音浑厚。

---

1 一种半自动来复枪，美军于1936年至1957年期间装备。

"你们狗屁不通。"克劳德说，"你们这些尊贵的酒鬼先生。闭嘴，滚。"

"可我们打了。"

"打了。狗屁。"马塞尔说，"给我滚蛋。"

"你能不能毙了这俩伙计？"雷德问。他念念不忘这茬儿。

"你也闭嘴。"我说，"克劳德，我答应了要给他们两辆自行车的。"

"这倒是。"克劳德说。

"我俩下去，把最烂的两辆给他们，再移开那个德国佬和自行车。你们其他人继续封锁道路。"

"从前可不这样。"俩伙计中的一个说。

"什么都和从前不一样了。不过你们从前也多半是成天醉醺醺的。"

我们先去看路上那个德国人。他还没死，可两边肺都被打穿了。我们尽量轻手轻脚地挪动他，尽可能让他躺得舒服点，我脱掉他的收腰外套和衬衫，往伤口上撒了些磺胺，克劳德帮他包扎了一下。他有张漂亮的脸，看起来还不到十七岁。他想要说话，可说不出来。看来他听说过遇到这种情况该怎么办，正努力要照样做。

克劳德从死人身上剥下两件收腰外套，给他做了个枕头。然后摸摸他的头，抓起他的手来探脉搏。那男孩一直看着他，却说不出话来。男孩眼珠丝毫不错地看着他，克劳德俯下身，吻了吻他的前额。

"把自行车从路上搬开。"我对伙计们说。

"这该死的战争。"克劳德说,"战争这肮脏的婊子。"

男孩不知道是我打中的他,所以并不特别怕我,我也探了探他的脉搏,明白了克劳德为什么那样做。要是我还有一丁点良心的话,也该去亲吻他的。总有些事是你该做却没做,过后却一直耿耿于怀的,这就是一件。

"我想陪他待一会儿。"克劳德说。

"非常感谢。"我说。我朝一侧的树后走去,四辆自行车就藏在那里,那两个兄弟跟乌鸦似的守在旁边。

"拿着这辆,还有那辆,滚吧。"我摘下他俩的袖章,放进口袋里。

"可我们参加战斗了。那值两辆。"

"滚蛋。"我说,"听到没?滚。"

他们失望地走开了。

一个十四岁左右的男孩从小酒馆出来,问我们要那辆新自行车。

"他们把我的拿走了,就是今天上午早些时候。"

"那好。拿去吧。"

"另外两辆呢?"

"快走吧。部队过去之前不要再到马路上来。"

"可你们不就是部队吗?"

"不。"我说,"很遗憾,我们不是部队。"

那辆自行车一点儿也没碰坏，男孩骑上车回小酒馆去了。我在大夏天火热的天空下走回农舍，等先头部队到来。真不知道，还能有什么感觉比那会儿更糟了。可终究会有。我敢打包票，会有的。

"我们今晚能进驻个大城镇吗？"雷德问我。

"一定能。他们已经在攻城了，西边。你没听到吗？"

"当然。从中午开始就听到了。那地方好吗？"

"等队伍一到，我们收拾好就走。顺着马路走下去，过了小酒馆，很快就能看到了。"我在地图上指给他看，"只要走差不多一英里，就能看到了。瞧见前面那个弯了吗，往下拐的？"

"我们还要再打吗？"

"今天不了。"

"你还有别的衬衣吗？"

"比这件还糟。"

"不可能比这件还糟吧。我把这件洗了。这么热的天气，就算衣服还湿着，穿上也没什么关系。你感觉不太好？"

"嗯。很不好。"

"克劳德在干什么呢？"

"他在陪被我打中的那孩子，守着他断气。"

"是个孩子？"

"是。"

"噢，妈的。"雷德说。

过了会儿，克劳德推着两辆自行车回来了。他把男孩的记录本递给我。

"克劳德，你的衬衣也拿过来，我一起洗了。奥尼和我的都洗好了，都快干了。"

"多谢了，雷德。"克劳德说，"还有酒吗？"

"我们又找到了一些，还有香肠。"

"这不错。"克劳德说。他的心情也糟透了。

"等大部队开过去，我们就进城。从这里往前，只要走一英里多点，就能看到了。"雷德跟他说。

"我以前去过。"克劳德说，"是个好地方。"

"我们今天不打了。"

"明天还会要打的。"

"说不定未必呢。"

"也许吧。"

"高兴点儿。"

"闭嘴吧。我挺高兴的。"

"好吧。"雷德说，"干掉这瓶，再吃点香肠，我很快就能把衣服洗好。"

"非常感谢。"克劳德说。我们俩把酒肉分着吃光了，可谁也没能喝痛快。

I Guess Everything Reminds You of Something

我猜，不管什么都能让你想起一些事

"这篇小说写得非常好。"男孩的父亲说，"你知道它有多好吗？"

"我没想让她把这个寄给你的，爸爸。"

"你还写了什么？"

"就这一篇。我真的没想到她会把这个寄给你。可一得了奖……"

"她是想要我给你些帮助。可如果说你已经能写成这样，也就不需要谁帮忙了。你要做的就是继续写。你写这篇小说花了多长时间？"

"没多久。"

"你从哪儿知道这种海鸥的？"

"大概是巴哈马群岛吧。"

"你从没去过狗礁，也没到过肘弯礁。猫礁和比米尼群岛[1]上也没有海鸥，连燕鸥都没有。基韦斯特倒是能见到燕鸥筑巢，最小的那种。"

"就是那种叫'杀死彼得'的。是的。它们都在珊瑚礁上

1　几处岛礁均位于巴哈马群岛。

筑巢。"

"就在浅滩上。"他父亲说，"那你是从哪里知道小说里那种海鸥的？"

"大概是你说起过吧，爸爸。"

"这篇小说非常好，让我想起了很久以前读过的一个故事。"

"不管什么都能让你想起些事来，我猜。"男孩说。

那个夏天，父亲从藏书室里找出了一些书，给男孩读。每次回主屋吃午饭时，只要不是在玩棒球，或在俱乐部练习射击，男孩总说他在写作。

"等你愿意的时候，给我看看，有问题也可以来找我。"他父亲说，"多写你熟悉的东西。"

"我是这么做的。"男孩说。

"我并不是要盯着你，或是指手画脚。"父亲说，"不过，如果你愿意的话，我可以给你出几个简单的题目，写一些我们俩都知道的东西。这会是不错的练习。"

"我觉得我现在还行。"

"那么，要是还不想，就不用给我看。你喜欢《远方与往昔》[1]吗？"

"很喜欢。"

"我说出题的意思是，我们可以一起去市场逛逛，或者看

---

1 博物学家 W. H. 哈德森的自传体小说。

看斗鸡，然后分头写下看到的东西。只写印象最深的。比如，中场时，裁判会让斗鸡主人帮鸡整理一下，准备接下来的比赛，鸡主人就会掰开公鸡的喙，为它清理喉咙。就是这一类的小事情。瞧瞧我们各自都看到了什么。"

男孩点点头，垂下眼睛看着他的盘子。

"或者我们也可以去个小酒馆，玩两轮扑克骰子[1]，你可以写写听到的对话。别什么都写。只写你觉得有意思的。"

"恐怕我还写不了这些，爸爸。我觉得，我最好还是照之前那篇的路子写。"

"那就按你的来。我不想干扰你，也不想影响你。这些都只不过是练习罢了。我是很乐意和你一起试试看的。这就跟弹钢琴的指法练习一样。当然，它们也不见得特别好。我们能找出更好的办法。"

"也许，我还是照着那篇小说的方式来好一点。"

"当然。"他的父亲说。

像他这么大的时候，我都写不了那么好呢。父亲想。我从不知道有谁能做到这样。也不知道有谁像这个男孩一样，才十岁，枪就打得那么好——不是耍花枪那种，是可以和成年人，甚至职业的家伙一较高下的。十二岁就能在野外也打得一样好了。他打起枪来，就像身体里天生有雷达似的。无论打野鸡还是到处乱飞的野鸭，从来不会太早开枪，也不会太迟，等到头

---

1 一种骰子游戏，骰子表面不是常规表示数字的点，而是特定的扑克牌牌面。

鸟冲到跟前来。他射击的姿势很漂亮，时机精准，瞄得也准。

在打飞鸽的比赛中，只要他一走出来，踏上水泥地，穿过旋转栅栏，走向金属板，板上有黑色条纹标示出他的码数，那班职业选手就统统安静下来，专心看着。只有他出场时，才会这样全场鸦雀无声。看到他把枪架上肩膀，侧过头确认枪托抵在肩膀上的位置，有职业选手微笑起来，好像发现了什么秘密。他低下头，脸颊贴在贴腮上，左手向前伸出，重心移到左脚上。枪口先抬起再放低，左右瞄一瞄，再回到正中。右脚后跟轻轻提起，仿佛把全身力量都压在了枪筒里那两颗子弹上一样。

"预备。"他说。声音低沉沙哑，不像是这样一个小男孩发出的。

"预备。"管鸽笼的人回应。

"放。"沙哑的声音说。有五个鸽笼，其中一个打开，灰色赛鸽飞出来，翅膀扑扇着，不知怎么一转，全力一扑，便贴着青草地，朝低矮的白色栅栏冲了过去。第一根枪管里的子弹射出，打中了，第二根枪管的子弹紧跟着，刚刚好钻进头一个弹孔里。鸽子一头向前栽下，只有最厉害的枪手才看得出，第二颗子弹也打中了，鸟儿在半空就已经死了。

这时，男孩就拆开枪筒，离开水泥场地，向休息间走去。他低垂着双眼，面无表情，对欢呼从来不做任何反应。如果某位专业选手说"干得好，史蒂夫"，他便用那冷淡的沙哑声音回答一声"谢谢"。

他会把枪放回枪架上，等着看他父亲射击，然后两人一起到外面的酒吧。

"爸爸，我能喝瓶可口可乐吗？"

"最好不要超过半瓶。"

"好的。很抱歉，我开枪太慢了。不该让鸽子飞到那么近的。"

"它很强壮，能低空飞行，斯蒂夫。"

"要不是我慢了，就没人会知道这个。"

"你做得很好了。"

"我会找回速度的。别担心，爸爸。喝一点可乐不会让我变迟钝。"

打第二只鸟时，地笼的弹簧臂一弹，鸽子从暗渠中冲出来，刚一现身就被击毙了。第二发子弹在它落地前也打中了，人人都能看到。这时鸽子离开鸟笼还不到一码的距离。

男孩走进休息间时，一个本地枪手说："哦，你逮到个好打的了，斯蒂夫。"

男孩点点头，挂起枪。他看着记分板。父亲前面还有四名选手。他过去找他。

"你找回速度了。"他的父亲说。

"我听见开笼的声音了。"男孩说，"我不想糊弄你，爸爸。你能听见所有笼子的声音，我知道。但今天第二个笼子的声音比别的大两倍。他们应该上点油的。我不觉得其他人会没注意到这个。"

"我总是一听见开笼的动静就把枪口转过去。"

"是的。要是声音特别大的话，就是在你左边。左边很响。"

接下来三轮里，父亲都没有遇到二号笼的鸽子。等终于遇到时，他却没听出鸽笼的声音，第二发子弹才打中，那时鸽子已经飞到了栅栏边，勉强落在界内。

"哎呀，爸爸，我很抱歉。"男孩说，"他们上过油了。我真该闭上嘴的。"

有一天晚上，父子俩刚一起参加完一场大型国际射击比赛，正在聊天。男孩说："我不懂，怎么会有人打不中鸽子。"

"千万不要对其他任何人说这话。"他父亲说。

"好的。不过我是说真的，没有理由打不中啊。我打丢了的那只也两枪都中了的，只不过鸽子落到场外了。"

"这样也算是输啊。"

"我知道。这是输了。但我不明白，一个真正的枪手，怎么能打都打不中。"

"也许等你二十岁时就能明白了。"父亲说。

"我没想冒犯谁，爸爸。"

"没关系。"父亲说，"只是别跟其他人说这个。"

他琢磨着男孩的小说和写作，不由想起了这些。虽说男孩拥有不可思议的天赋，但也并非天生就是打鸟的好手，他也不是没经过指导和训练的。可现在，他把那些训练都忘了。他忘了，刚开始打不中鸟时，父亲总是脱掉他的衬衫，让他看胳膊上的淤青，那是枪托没摆正才留下的。他帮助他纠正姿势，告诉他，每次招呼放鸟前都要先回头看看肩膀，确认枪托安放妥当了。

他已经忘记了那些规则。重心要落在前脚上，移动枪管时别抬头。怎么确定重心落在了前面的脚上？提起右脚跟就好。低下头，转动枪口，出手要快。这时候不要去管你的分数。我希望你做到的是，鸽子一出笼就立刻开枪。不要管其他部位，只管盯准鸟嘴。枪口跟着鸟嘴走。要是看不到鸟嘴，就对着它应该在的地方瞄准。到这一步，需要的就只有速度了。

男孩是天生的好枪手，但他还是花了很多工夫，才帮助男孩变成了最出色的枪手。每年，他都会带着男孩进行速度练习。一开始，十枪里能中个六枪或八枪。后来长进到十有九中，停滞一阵子后，才最终成长为几乎百发百中的完美枪手，就算偶有例外，那也是运气作祟。

他没把第二篇小说拿给父亲看。直到假期结束，小说也没能让他自己满意。男孩说，他想等到有绝对把握之后再拿出来，只要改好了，他就会立刻拿给父亲看。他说他过了个非常棒的假期，这是最好的假期之一，他很高兴能读到那么多书，也很感激父亲没有在写作上把他逼得太紧。假期毕竟是假期，这是个非常不错的假期，说不定是最好的一个。当然，他们还拥有了一些绝妙的时光，非常美妙。

父亲再一次读到那篇获奖小说，是七年以后的事了。小说刊在一本书上，他在男孩的旧房间里整理书时发现的。一看他就知道那篇故事是从哪里来的了。他还记得当时那种感觉，似曾相识。他从头到尾读了一遍，整个故事一字未改，连题目都一样。那是一位爱尔兰作家的最佳短篇小说集。男孩从书里把它原样搬了下来，包括标题。

从小说获奖的那个夏天，到父亲发现这本书，已经七年。他回想起最近五年里男孩做的每一件最恶劣、最愚蠢的事。父亲还以为，这是因为男孩病了。他招人厌是因为生病了。他原本是很好的。可是，就在那最后一个暑假过后，大概一年或一年多之后，事情全都变了样。

现在他明白了，男孩从来就不是什么好孩子。回顾往事时，他常常会有这样的感觉。射击出色原来没什么意义，想明白这一点，真是让人悲哀。

译后记

写这篇译后记时，我心里其实是不确定的。若是说内容，小说原本就是完整的个体，读者怎么读，怎么理解，都是个人体验，哪里需要旁人来指手画脚；若是说翻译的经历，这幕后的工作，本来与小说无关，与原作者无关，又哪里应该摆到台前来。

但翻译海明威终究是一次特别的经验。而这经验，如果能稍稍有助于读者更多地理解作品与作者，便也算是有价值了。

提到海明威，许多人第一时间能想到的大抵不过是"硬汉""老人与海""战争""文字精练"这样的标签。我原本也是。越是简练的文字越难译得传神，想要接近"信、达、雅"的文学翻译标杆，自然也就越发不易。海明威的作品恰恰属于这一类。为了尽可能不偏离作者的气质，不把他藏在"水下的八分之七"冰山给译丢了，要做的远远不是只读读小说原文这么简单。梳理生平，研究作品，考证各种细节背景……在这过程中，海明威这个"人"渐渐立体鲜活起来，不再是简单平面的一张张标签。就像交朋友一样，你会开始喜欢上他，会觉得仿佛能够渐渐触及其人、其文、其思、其虑。至于说海明威的文字很美，大概也不算陈词滥调了。

三年多前，我曾到过非洲，亲眼见过旱季里苍茫稀疏的大草原、树冠如盖的金合欢树、高耸的乞力马扎罗雪山、漫步的狮群、午睡的猎豹、矫健的瞪羚、蹲踞在树梢的秃鹫，也亲耳听过午夜帐篷外或雄壮或古怪的吼叫声。第一次读到《乞力马扎罗的雪》英文原著时，只寥寥几句话，就仿佛将我拉回到了那段草原上的夏日里。热乎乎的草叶气息、偶尔划破寂静的声响、炽烈阳光投射下来的模样、把头发都染成黄色的尘土，一下子全都回来了。等到再读到《大双心河》时，这才知道，海明威的文字不但能唤起回忆，更能凭空构筑起一个活生生的世界，河流、树林、平原、翠鸟、蚱蜢、鳟鱼，纤毫毕现，如在眼前。

海明威是热爱自然的。他的文字简练、流畅、准确，却又细致入微，在描写自然时便格外美，格外有情。他何其有幸，老天给了他一杆可刚可柔、可传情可达意的妙笔；我何其有幸，能在扰攘的日子里遇见这样一份美好。

海明威讲起故事来明白晓畅，内里深意却含而不发，一派大家风范。可在翻译过程中，也会遇到些一时间吃不透的段落，细细探究下来，有时却让人不由得失笑——这位大作家，竟像孩子似的喜欢在故事里埋彩蛋，就连刻薄起来也是任性得很。

比如《死亡博物志》里对"人文主义者"的那段嘲讽，表达的原来是对《荒原》作者 T.S. 艾略特的不满。又比如在《向瑞士致敬》里明目张胆地点名，在《乞力马扎罗的雪》里借名朱利安（其实最初也是点名的，后来遭到当事人抗议才改掉了），无不是在挖苦好友司各特·菲兹杰拉德，当然，用他自己的话说，这是为了敦促好朋友写出"完美的作品"来。

如此，一不小心就从正襟危坐转向了名人"八卦"，透过这些"八卦"又顺畅地理解了作品，也算是工作中的小小乐趣了。

十六篇海明威，一一细读、翻译，对我个人来说，是享受，也是收获。只是好菜多进了一次厨房，当厨子的生恐无法将原装的色香味全然呈现，也只有尽己所能了。熄火起锅，装盘出餐，这道菜如今已是上了桌了。不尽如人意之处必定在所难免，唯有待方家指正。

杨蔚

2016 年 3 月，上海

厄尼斯特·海明威

Ernest Hemingway

1899—1961

美国"迷惘的一代"标杆人物

开创"冰山理论"和极简文风

曾获得 1953 年普利策奖与 1954 年诺贝尔文学奖

代表作

1926 年《春潮》

1926 年《太阳照常升起》

1929 年《永别了，武器》

1932 年《午后之死》

1935 年《非洲的青山》

1936 年《乞力马扎罗的雪》

1940 年《丧钟为谁而鸣》

1950 年《穿过河流，进入森林》

1952 年《老人与海》

1964 年《流动的盛宴》

1985 年《危险夏日》

1986 年《伊甸园》

杨蔚

南京大学中文系
自由撰稿人、译者
热爱旅行，"孤独星球"（Lonely Planet）特邀作者及译者

已出版作品：
《自卑与超越》
《乞力马扎罗的雪》
《101 中国美食之旅》
《带孩子旅行》
《史上最佳摄影指南》
"孤独星球旅行指南系列"《广东》《东非》《法国》《墨西哥》

乞力马扎罗的雪

作者 _ [美] 厄尼斯特·海明威　译者 _ 杨蔚

产品经理 _ 阿么　应凡　装帧设计 _ HSQ　产品总监 _ 李佳婕

技术编辑 _ 顾逸飞　责任印制 _ 刘淼　出品人 _ 许文婷

营销团队 _ 王维思　物料设计 _ HSQ

鸣谢（排名不分先后）

董歆昱　路军飞　吴畏

果麦

www.guomai.cn

以 微 小 的 力 量 推 动 文 明

图书在版编目（CIP）数据

乞力马扎罗的雪 / (美) 厄尼斯特·海明威著；杨蔚译. -- 天津：天津人民出版社, 2016.9（2024.11重印）

ISBN 978-7-201-10522-2

Ⅰ.①乞… Ⅱ.①厄…②杨… Ⅲ.①短篇小说 - 小说集 - 美国 - 现代 Ⅳ.①I712.45

中国版本图书馆CIP数据核字（2016）第133848号

乞力马扎罗的雪

QILIMAZHALUO DE XUE

出　　　版	天津人民出版社
出 版 人	刘锦泉
地　　　址	天津市和平区西康路35号康岳大厦
邮政编码	300051
邮购电话	022-23332469
电子信箱	reader@tjrmcbs.com

责任编辑	金晓芸
产品经理	阿　么　应　凡
装帧设计	HSQ
插 画 师	MAKIII

制版印刷	嘉业印刷（天津）有限公司
经　　　销	新华书店
发　　　行	果麦文化传媒股份有限公司
开　　　本	880毫米×1230毫米　1/32
印　　　张	8.25
印　　　数	141,001-146,000
字　　　数	164千
版次印次	2016年9月第1版　2024年11月第27次印刷
定　　　价	36.00元